AF211330

ROTTA

Makabre Wach- und Tagträume
eines jungen Schriftstellers

ERZÄHLUNG
VON
CHRISTIAN ROTH

Illustrationen:
Al`Leu, Bildhauer/CH

Herstellung und Verlag:
Books on Demand GmbH, Norderstedt
ISBN 9783842333918

Vorwort

Christian Roth beschwört in seiner Geschichte von "Christopher Rotta" in einer an die klassische Tragödie erinnernden Steigerung, das Menschenbild in der zweiten Hälfte des zwanzigsten Jahrhunderts. Er beschwört, dabei erinnernd an Josef K. in Kafkas "Der Prozess", vom Anfang der Geschehnisse an eine Welt des Grauens, die sich in der menschlichen Psyche in gespenstischen Wach- und Tagträumen verbirgt. Die Selbstauflösung wird dabei zur letzten möglichen Konsequenz. Rotta bleibt allerdings beharrlich, noch in jenseitigen Bereichen des Schreckens, seiner als richtig erkannten Sendung treu.

Christian Roth lässt Rotta zur Inkarnation des suchenden und ringenden Menschen werden, der seine Irrtümer eingehen muss, um eine Chance zu haben, die letzten Wahrheiten zu finden. Das Anprangern jedweden Pharisäertums, das von Gott redet und irdische Macht meint, bleibt daher ebenso unvermeidbar, wie alle Qualen durchlitten werden müssen, die sich aus einem freiwillig beschrittenen Weg in die Hölle des Zweifels hervorgehen.

Der junge Autor versteht es meisterhaft in einem

schonungslosen phantastischen Realismus, der nicht selten die Spannung eines Kriminalromans vermittelt, Bilder des Entsetzens und Schreckens mit dem Wort zu malen. Letztlich ist es das Bild des innerlich leeren Gegenwartsmenschen.

Die wahre Sünde des Menschen, so versucht der Autor auszudrücken, liegt im Zurückweichen von der eigenen Sendung. Der Schriftsteller hat die Aufgabe, das isolierte Sterbliche in das unendliche Leben, das Zufällige in das Gesetzmässige hinüberzuführen.

Der Kranke schreit auf, ohne um die Therapie zu wissen. Aber ohne diesen Aufschrei wäre letztlich eine Diagnose unmöglich. Vorrecht der Jugend ist es seit Menschengedenken, eindringlich auf Fehler und Schwächen in der Gesellschaft hinzuweisen. Wenn es nicht Künstler gäbe, die für den Schrei sorgen, die das Grauenhafte und Hässliche schildern, ohne noch bessere Alternativen anzubieten, die Menschheit hätte nie eine echte Chance, aus den Abgründen der Hölle in der eigenen Brust ans Licht zu finden.

Wien, im März 1975   *Gottfried Pratschke*
Europäischer Verlag

Christopher Rotta

Der Schrecken liess ihn erstarren. Langsam blieb seine Hand mit der Feder auf dem Papierblatt stehen; die Finger verkrampften sich.

"Das konnte nicht die wahre Wirklichkeit sein!" Der Erstarrung und dem Schreckmoment folgten Zweifel. Christopher Rotta war überzeugt, dass er nur träumte. Eine Halluzination – ein Trugbild!

Seine Ideen, die der junge Schriftsteller auf das Papier bringen wollte, mussten ihn gefangen haben. Die eigene Fantasie überrollte seine Sinne.

Er, Christopher Rotta, musste sich eingestehen, dass er von seinen eigenen Geschichten, die er sich ausdachte und die so verrückt waren, wie eben nur das verrückt sein konnte, was sich vor seinen Augen in diesem Augenblick abspielte, erschrack.

Die letzten Tage seit dem Erscheinen seines Zeitungsartikels "Die Kirche – eine gemeine Erpresserbande?", die einen riesigen Wirbel ausgelöst hatte, waren recht aufregend gewesen und die Story sollte seine Fantasie eigentlich erlösen. In den langen, schlaflosen Nächten hatte er darüber nachgedacht, was die aufgebrachten Menschen mit ihm wohl machen würden, wenn er zwischen dem vierzehnten und achtzehnten Jahrhundert diesen Artikel geschrieben hätte?

"Seid mir willkommen, ihr Brüder," sagte er einfach, weil ihm nichts Besseres einfiel.

Die Begegnung mit Ketzerjägern hatte er sich in tausend Variationen ausgemalt. In diesem entscheidenden Augenblick aber, benahm er sich wie ein Neugeborenes – so hilflos.

Ein solches Zusammentreffen, so hatte er immer geglaubt, würde mit viel Weihrauchgestank, Krach und einer Vielzahl in eigenartige Gewänder gehüllter Gestalten verbunden sein.

Aber dass es ausgerechnet Jesus mit seinen sieben Jüngern war? So sahen sie jedenfalls aus und so wurden sie auf vielen Bildern immer wieder dargestellt.

Nur hatten diese Gestalten keine Gesichter. Grausige Totenschädel sassen auf den in Tüchern gehüllten Leibern. Die Augen rollten wie Glaskugeln in den Augenhöhlen, funkelten und blitzten im Lichterschein der einzigen Lampe, die das Zimmer des Schriftstellers nur gerade über dem Schreibtisch voll ausleuchtete. Die Kiefer bewegten sich tonlos auf und ab, klapperten eintönig im Bewegungsrhythmus und die ausdruckslosen Augenhöhlen sprühte einen hellen, blendenden Funkenstrahl in den düsteren Raum. Ein irreales, makabres Bühnenbild malte sich in den Raum.

Dämonen und Geister hatten Namen, sagte sich Rotta, dessen Fassung langsam wieder zurückkehrte. Er versuchte, die unheimliche Erscheinung einfach zu ignorieren und sich von seiner vermeintlichen Einbildung keinen Schrecken einjagen zu lassen.

"Wer seid ihr?" fragte er freundlich, aber mit leicht ironischem Unterton.

Die unheimlichen Gestalten begannen in Bewegung zu geraten. Ihre Gewänder fingen an, wie vom Winde getragen, zu schwingen und die knochigen Köpfe wurden lebendig.

Die Jesusgestalt löste sich von seinen Jüngern und trat hörbar klappernd vor den Schreibtisch. Die Kieferknochen öffneten sich und eine Stimme ertönte, als käme sie aus einer tiefen Schlucht.

Kalter Schauer jagte über den Rücken des jungen Schriftstellers, dessen Körper unwillkürlich stärker mit dem Stuhl verwuchs, als fände er dort Schutz und Geborgenheit.

"Ich bin Jessai! Ein Abgesandter Gottes!" Er deutete auf die sieben wieder reglos verharrenden Gestalten bei der Tür: "Meine Begleiter werden mir helfen, dich dem Weg zuzuführen, den uns unser Herr vorgezeichnet hat."

Christopher Rotta schaute sein Gegenüber erstaunt an und begann plätzlich schallend zu lachen. Jetzt erst glaubte er das Geheimnis seines Besuches gelüftet zu haben.

"Ich finde eure Kostümierung grossartig und euer Auftritt ist absolute Sonderklasse. Ihr könntet jede grosse Showbühne im Sturm erobern in eurer komischen Aufmachung. Auch die Überraschung ist hundertprozentig gelungen. Ich glaube aber, dass ihr dem Theater nun ein Ende setzen solltet und damit die Masken fallen lasst!"

Er wischte sich dabei die Tränen aus den Augen und schaute abwartend auf die starr vor ihm stehende Gestalt.

Statt sich aber nun zu demaskieren und als irgend ein Bekannter zu entpuppen, der nur ein Scherz mit ihm machen wollte, bewegten sich wieder die knochigen Mundpartien und die geheimnisvolle Stimme verkündete:

"Im Namen Gottes verkünde ich dir, Christopher Rotta, dass du dich wegen ketzerischem Verhalten gegenüber unserem Glauben und unserem Herrn vor dem höchsten Gericht zu verantworten hast!"

Eine kurze Pause entstand – so, als wolle der Verkünder des unheimlichen Urteils, die Wirkung seiner Worte abwarten. Dann fuhr er fort: "Dein nun folgender langer Leidensweg, wird dir ausreichend Gelegenheit geben, Busse zu tun und die gemachten Verfehlungen erkennen zu lernen."

Der Angeklagte hörte mit offenem Mund und grossen Augen den Ausführungen zu und erkannte nun endlich, dass der vermeintliche Spass zum bitteren Ernst wurde. Er handelte instinktiv, als ihm bewusst wurde, dass er die Begegnung offensichtlich unterschätzt hatte. Die letzten Worte bestätigten ihm die Gefahr, in der er schwebte und die er intuitiv erfasst hatte.

Dementsprechend verhielt er sich. Er sprang von seinem Stuhl auf und warf sich gegen die sieben Knochenberge, die noch immer die Tür besetzten. Die schienen aber darauf gefasst gewesen zu sein. Sie hielten den Anstürmenden auf und warfen ihn ins Zimmer zurück.

Rotta taumelte, schaute sich verzweifelt und gehetzt im Raum um. Er fing sich aber sofort wieder auf und konnte den drohenden Sturz vermeiden.

Blitzartig entschied er sich für das nahe liegende Fenster, wollte es aufreissen und in die dunkle Nacht hinaus springen. Er brauchte dringend Abstand zu den Geschehnissen und musste um jeden Preis seinen Häschern entrinnen.

Doch das war nicht so einfach, wie er sich das vorstellte. Der Abgesandte Jessai, wie er sich nannte, liess das rechte Knochenbein vorschnellen.

Der Flüchtende wurde von den Füssen gerissen und flog durch den Raum. Verzweifelt mit den Armen rudernd, versuchte er sich aufzufangen. Aber – wie von einer Riesenfaust getroffen, schlug er in einer Ecke des Zimmers auf.

Schreiend warf er sich noch herum, suchte einen neuen Fluchtweg, aber es blieb bei der aussichtslosen Überlegung. Die unfreundlichen Gestalten rissen ihn vom Boden hoch und erstickten alle Versuche, sich mit Schlagen und wildem Strampeln dem Zugriff zu entziehen.

Christopher Rotta keuchte und hustete sich fast die Lunge aus dem gepeinigten Leib. Nochmals spannte er all seine kärglichen Muskeln, doch die Kraft war die einer Gazelle gegen die Überlegenheit des jagenden Löwen.

Ein knochiger Arm legte sich wie ein Schraubstock um seinen Hals und drückte die Atemluft zu. Rottas Augen traten aus ihren Höhlen. Das Gesicht wurde erst rot, dann blau.

Dumpfe Geräusche kamen aus seiner zugeschnürten Kehle. Vor den Augen schwamm ein rotes Wolkenmeer. Dann schwanden die Sinne des Schriftstellers.

Aber die acht Gesandten Gottes wollten ihn noch nicht umbringen, jedenfalls nicht auf diese Art und Weise.

Rotta war ein anderes Schicksal vorbestimmt – ein langer, qualvoller und grausamer Leidensweg.

Ohne grosse Anstrengung hoben die knochigen Gestalten den schlaffen Körper in die Höhe.

Jessai legte die kalte, knöcherne Hand auf die Stirn des Bewusstlosen, hob seinen Kopf gegen den Himmel und verkündete feierlich:

"Herr, wir werden deinen Willen geschehen lassen und dieses ketzerische Wesen auf den Sühnepfad bringen. Du sollst Genugtuung erfahren."

Eine Weile verharrte der makabre Aufzug in stiller Andacht. Dann verliessen die dunklen Gestalten den Raum und verschwand im Nichts.

******

Christopher Rotta begann langsam aus der tiefen

Bewusstlosigkeit zurückzufinden.

Mühsam versuchte er die Augen zu öffnen und die starren Glieder zu aktivieren. Aber er konnte sich nicht bewegen wie er wollte.

Erstaunt musste er feststellen, dass er in einer Kiste festgeschnallt hing. Das Holzverliess war gegen etwas aufgestellt und angelehnt.

Sein Geist wurde plötzlich merkwürdig klar. Er erinnerte sich wieder an die Ereignisse der vergangenen Nacht.

Jetzt wurde er auch seiner Umgebung bewusst. Er sah die vielen verwilderten Gräber, mit den riesigen, zerfallenen Grabmählern.

Und er sah nun auch die Gestalten wieder im flakkernden Schein der Fackeln, die in die Gräber gesteckt, ein unheimlich gespenstisches Bild vermittelten.

Zum Klang einer dumpfen, monotonen Musik tanzten die lebenden Totengestalten einen seltsamen Reigen. Sie bewegten sich über den ganzen Friedhof, zwischen den Gräbern, auf den Grabsteinen und um sein Holzverliess. Vor dem Gefangenen verharrten sie jeweils einen Moment und stiessen merkwürdige, gurgelnde Laute aus. Dann begann der Tanz von vorne.

In den knorrigen Fingern schwangen sie frisch abgeschlagene, noch bluttriefende Tierköpfe. Diese Trophäen waren von gespenstischem Leben erfüllt; die Mäuler öffneten und schlossen sich wie Automaten und aus den gebrochenen Augen zuckten wilde Blitze. Ein gelblich-grüner Rauch stiess aus den schlaffen Ohren.

Plötzlich stand die ganze gespenstische Szene still; die Musik verstummte. Lähmende Stille legte sich über das unheimliche Schauspiel.

Jessai, der Abgesandte Gottes, trat zu dem Gefangenen und löste seine Fesseln.

Christopher Rotta sackte in sich zusammen; die Beine vermochten das plötzlich freiwerdende Gewicht seines Körpers nicht zu tragen. Zwei Gestalten zerrten ihn hoch.

Jetzt sah er sein hölzernes Verliess – ein schwarzer Sarg. Er erstarrte. Ein zweiter Sarg stand neben seinem eigenen. Ein junges, bildhübsches Mädchen wurde gerade losgebunden. Auch sie war zu schwach, um sich auf den Beinen zu halten. Willenlos hing sie in den Armen ihrer Peiniger. Ihr feiner Körper schimmerte durch das dünne, himmelblaue Seidenkleid. Das rötliche, lange Haar fiel locker über die nackten Schultern.

Rotta, von einer elenden Benommenheit befallen, vermochte keinen vernünftigen Gedanken zu fassen. Er konnte seine Situation nicht mehr klar erkennen. Er wollte sich zwar wehren, dem Mädchen helfen, das sich in Todesgefahr befand, aber sein Körper gehorchte ihm nicht mehr.

Die beiden Gefangenen wurden über den Friedhof geschleift, an den vielen Gräbern vorbei, durch die unzähligen Grabmähler hindurch.

Mechanisch trugen die gefühllosen, schweren Beine den jungen Schriftsteller mit. Widerstandslos liess er sich führen. Hin und wieder drehte er den Kopf und suchte den Augenkontakt zum hinter ihm gehenden Mädchen.

Sie bewegte ihre Lippen; vielleicht wollte sie etwas sagen, etwas fragen oder ihn einfach um Hilfe bitten. Aber kein Laut drang zu ihm.

Vor einer riesigen Gruft verhielt die Prozession. Ein unheimlicher, dunkler Abgrund tat sich vor ihnen auf. Die Gefangenen mussten niederknien. Die lebenden Toten schlossen sich hinter ihnen zu einem Kreis und liessen sich ebenfalls auf die Knie nieder.

Jessai hob seinen knochigen Schädel gegen den dunklen Himmel und begann ein sonderbares Zwiegespräch. Er rief seinen Herrn und Gebieter an:

"Unser Herr und Gebieter! Wir sind bereit eine Tat zu sühnen und dir das Opfer zuzuführen, das dich verleugnet und deine Gesetze missachtet hat. – Das Mädchen," er deutete auf das kniende Häufchen Elend "es versuchte keimendes Leben zu vernichten und damit einen deiner Jünger zu töten! Es hat dich mit dieser Tat verhöhnt und soll nun für ewig deiner Güte und deinem Wohlwollen entzogen werden!"

Bedächtig erhob sich Jessai und trat vor das Mädchen. Ohne einen Befehl, stellten zwei der Jünger das weibliche, zarte Geschöpf auf die Beine. Ein Dritter reichte ihm ein grosses Messer.

Unvorbereitet stach Jessai zu, öffnete mit zwei hart geführten Schnitten den Leib des Mädchens und entriss ihm den blutigen Embrio.

Triumphiertend streckte er die rotgefärbte Hand mit dem undefinierbaren, bluttriefenden Organ in die Höhe: "Diesem Keim gib ein langes Leben – mein Herr!"

Verständnislos und gebannt war Christopher Rotta dem grässlichen Ritual gefolgt. Nun aber ergriff ihn Panik. Schweiss trat auf sein verzerrtes Gesicht. Sie hatten das wehrlose Mädchen vor seinen Augen eiskalt getötet. Er schüttelte wild den Kopf, stöhnte verzweifelt und trat nach denen, die ihm am nächsten standen. Aber er verfehlte sein Ziel immer wieder.

Das Haar hing ihm wirr ins Gesicht. Seine Augen glühten im Wahnsinn der Geschehnisse. "Das könnt ihr doch nicht tun!" schrie er in die Nacht. Aber niemand beachtete sein Flehen und Schreien.

Während er von zwei Jüngern festgehalten wurde, trugen die andern den zarten, leblosen Körper des Mädchens an den Rand der Gruft und warfen ihn in den schwarzen Schlund.

Rotta blieb fast der Verstand stehen, als ein greller Schein plötzlich die unheimliche Gruft beleuchtete. Das Bild, das sich seinen Augen bot, schnürte ihm die Kehle zu.

In der tiefen Grube, auf einem riesigen Berg menschlicher Gebeine, lag das getötete Mädchen. Zwischen den Gebeinen und Knochen drängten sich unzählige Embrioähnliche Wesen an den Mädchenkörper heran. Wie hungrige Viecher beschnupperten die seltsamen Wesen den leblosen Körper um sich dann plötzlich darauf zu stürzen und das Fleisch von den Knochen zu fressen.

"Sie fressen das arme Mädchen – sie fressen das wehrlose Geschöpf, diese grausigen Viecher!" schrie Rotta wie von Sinnen und begann wild an den stahlharten Griffen seiner Bewacher zu reissen.

In aller Deutlichkeit stand das eigene, furchtbare wie ungewöhnliche und brutale Schicksal vor seinen Augen. Verzweifelt kämpfte er um sein Leben.

Eine knorrige Faust traf ihn am Kopf. Sein Körper bäumte sich noch einmal auf, bevor ihm ein zweiter Schlag endgültig die Besinnung raubte.

Jessai und seine Jünger gaben sich noch einmal dem Gebet hin. Dann verharrten sie regungslos auf den Knien.

Ein starkes Beben ging plötzlich durch die Erde. Krachend, von einem ohrenbetäubenden Getöse begleitet, begann sich der Schlund, mit dem grausigen Inhalt, zu schliessen. Einige unbedeutende Gräber blieben zurück. Nichts deutete mehr auf den schrecklichen Abgrund hin.

Dann verschwanden auch die lebenden Toten, mit dem bewusstlosen Christopher Rotta, in ihre unbekannte Welt.

******

Rotta rieb sich die Augen. Die Sonnenstrahlen, die auf sein Bett fielen, hatten ihn sanft im Gesicht gestreichelt und aus dem tiefen Schlaf geweckt.

Gähnend streckte er sich nach allen Seiten. Er fühlte

sich noch unendlich müde und zerschlagen. Sämtliche Glieder schmerzten ihn. Wahrscheinlich war er irgendwie dumm gelegen im Schlaf.

Ausserdem hatte er furchtbat schlecht geträumt: Ein Mann sagte zu ihm: "Ich habe eine Frau gesehen, wie sie eine Katze füttert. Die Katze hatte keine Ohren – diese Katze hatte keine Ohren. Aber niemand regt sich über eine solche Beobachtung auf. Keiner beachtet heute eine Katze ohne Ohren."

Rotta regte die Schilderung des fremden Mannes auch nicht sonderlich auf. Er war mit seinen eigenen Problemen beschäftigt. Diese waren im Moment wichtiger und vordringlicher, als eine Katze ohne Ohren.

Die grossen hässlichen, gelben Jutesäcke mit den nierenförmigen, schwarzen Cashwenüssen waren ihm beim Einkaufen aufgefallen. Er war stehen geblieben und tastete die harten Früchte. Und sie waren es, die ihm diese unruhige Nacht bescherten. Er hatte ein Knacken gehört, – laut wie eine gewaltige Explosion. Schon rollten die nackten Kerne bedrohlich auf ihn zu. Riesige Dinger, gross wie Felsbrocken, donnerten aus den hässlichen, gelben Jutesäcken. Eine galaktische Meteoritenlawine begrub ihn unter sich und zermalmte fast seinen

Körper. Verzweifelt kämpfte er gegen die mächtige Lawine, bis er sich endlich befreien konnte.

"Ich hasse Nüsse, Hände die sie knacken, Mäuler die sie verschlingen, Gebisse die sie zermalmen und Mägen, die das Ganze verdauen", schrie er schweissgebadet, am Ende seiner Kräfte.

Dann sagte der fremde Mann: "Wenn die Kugel kommt und deinen Körper trifft, wird erst die Erde taumeln. Ein gewaltiger roter Kreis, der sich immer rascher dreht und plötzlich nichts mehr als ein unendliches Schwarz – ohne Horizont, völliges Schweigen, das vielleicht in die Unsterblichkeit hinüberreicht. – Wer kann das schon wissen?"

Vielleicht doch lieber eine Katze ohne Ohren? Die Aussicht, von Nüssen erdrückt zu werden, oder von der rasenden Kugel getroffen zu werden, boten wenig Anreiz für weitere Gedanken.

"Also, bringt mir Katzen ohne Ohren, ohne Schwänze und ohne Zähne. Ich werde mich um sie kümmern. Nur, haltet mir die Nüsse vom Leib."

Rotta`s Flehen wurde erhört. Das Erschrecken allerdings wuchs in Panik und Angst. Was sich in den Käfigen und Gehegen bewegte, waren nicht nur Katzen ohne Ohren. Menschen, oder – trefflicher beschrieben als Monster, krochen, taumelten und schlichen durcheinander. Schreckliche Gestalten mit Gesichtern ohne Augen, Löcher anstelle von Nasen, Schlunde statt Mäuler und undefinierbares, faules Gemüse statt Haaren auf dem Kopf. Völlig versteinert, unfähig sich zu rühren, beobachtete er mit angstvoll verzehrtem Gesicht die unglaubliche Szene.

Ein kleiner Gnom löste sich aus dem vergitterten Käfig und schlüpfte durch das enge Maschennetz. Seine Arme wurden länger und länger, umschlangen Rotta und drückten ihn eng an den schleimigen Leib des kleinen Ungeheuers.

"Wir sind dankbar, dass du dich gegen die Nüsse und für uns entschieden hast. Du wirst es nicht bereuen. Wir werden dir folgsam und treu folgen, wo immer du uns hinführst. Das darf ich dir im Namen aller Bewohner dieser Gemeinschaft überbringen."

Die langen Affenarme lösten sich wieder und der Gnom verschwand hinter dem Gitter. Ungläubig starrte Rotta noch immer auf das unwirkliche Bild. Er suchte eine Erklärung – den Ausweg aus einer Sackgasse.

"Die Nüsse – die verdammten Nüsse!" fuhr es durch sein gemartertes Hirn.

Als hätte der Blitz in seinen Kopf geschlagen, wurde

er wieder lebendig und stürmte planlos aus dem Geschehen. Er hatte nur ein Ziel: dem riesigen Haufen von Nüssen in seinem Rücken zu entfliehen. Schnaufend erreichte er den schützenden Wall und fiel atemlos auf die Knie nieder. Die Hände gruben sich in die schwarzen Cashwenüsse und suchten Halt vor dem Sturz.

Doch die Pause vor Ungemach war nur kurz. Lautes Knacken explodierte in den Ohren. Er war eingekreist von langzahnigen, alten, hässlichen Weibern, die nichts anderes taten, als Nüsse aufzubeissen und die leeren Hülsen wütend nach ihm warfen. Hart wie Steine trafen ihn die Geschosse am ganzen Leib. Alle Abwehrversuche blieben erfolglos.

Die Erde begann zu taumeln. Ein gewaltiger roter Kreis, der sich immer rascher drehte, sog ihn ein in das unendliche Schwarz ohne Horizont.

Völlige Ruhe und totales Schweigen herrschte, bevor Rotta endgültig erwachte und schweissgebadet die Sonne durchs Fenster wahrnehmen durfte.

Er nahm sich vor, die Arbeit an seinem neuen Buch für einige Zeit zu unterbrechen, um etwas Abstand zu den Dingen zu gewinnen. Er lebte zu sehr mit seinen Storys; scheinbar so sehr, dass die phantastischen Geschichten mit ihm durchgingen und ihm schlaflose

Nächte bereiteten.

"Vielleicht hätte ich damals das Ganze vergessen sollen; die Kirche, Kirche sein lassen. Gegen die – oder gegen eine Religion Sturm zu laufen, bringt selten etwas Gutes ein", murmelte der gemarterte Schriftsteller vor sich hin.

Er gähnte ausgiebig und setzte sich auf den Bettrand. "Und doch hatte ich recht!" fügte er nach einer Weile trotzig hinzu. "Die Kirche hat kein Recht, die freie Meinungsäusserung zu unterdrücken, – und ich werde das auch in Zukunft nicht akzeptieren!"

Er hatte damit seine Überzeugung voll und ganz zurückgewonnen, richtig gehandelt zu haben. Unternehmungslustig reckte er sich noch einmal und erhob sich dann, um die morgendliche, erfrischende Dusche zu geniessen.

Prüfend betrachtete er sein Antlitz im Spiegel des Badezimmers, ob die unruhige Nacht irgendwelche sichtbaren Spuren im Gesicht hinterlassen habe. Die Inspektion schien nicht ganz zur Zufriedenheit ausgefallen zu sein, denn unmutig schüttelte er den Kopf bevor er unter die Dusche trat.

Er drehte den Wasserhahn und hielt prüfend den Arm hoch. Ein angenehm warmer Strahl überfiel seinen Körper. Wohlig öffnete der Schriftsteller die Augen. Er erstarrte augenblicklich.

Das, was sich über ihn ergoss, war kein Wasser – es war eine blutrote Flüssigkeit.

Es dauerte ein paar Sekunden, bis der lähmende Schreck verflog und in ihm die Bewegungsfreiheit wieder zurück kam.

Vom Entsetzen gepackt, stürmte er aus der Dusche. Ohne auf seine Nacktheit zu achten, jagte er aus dem Badezimmer und durch den Korridor, um die Wohnung augenblicklich zu verlassen. Er riss eine Tür auf und wollte ins Treppenhaus entfliehen.

Nach ein paar Stufen bemerkte Rotta aber, dass er sich nicht im Treppenhaus, sondern in irgend einem düsteren, unbekannten Gang befand. Aber die Angst jagte ihn weiter. Egal wohin – nur weg, weit weg von seiner Wohnung wollte er rennen.

Der ihm unbekannte Gang führte steil bergab. Rotta stiess ein paar mal mit der Schulter gegen die rauhe, kalte Wand. Er bemerkte die schattenhaften Gestalten nicht, die sich überall bewegten, in allen Winkeln und Ecken auftauchten.

Vor ihm tat sich plötzlich ein bogenförmiger Durchgang auf und als er auch diesen passiert hatte, stand er vor einer enorm steil abfallenden Treppe.

Jäh bremste er seinen Lauf, schaute sich nur einen

kurzen Moment um und hastete dann die schmalen Steinstufen hinunter in ein finsteres Loch.

Rotta glaubte, direkt in die Hölle zu steigen. Doch dann fühlte er erleichtert wieder festen Boden unter den Füssen.

Vorsichtig tastete er sich weiter. Langsam schob er sich dicht an der Wand, tastend vorwärts, jeder Schritt nach Halt suchend.

Aus! Das war eine Sackgasse. Eine Mauer stand vor ihm und bot keinen Durchgang mehr.

Sekundenlang schloss Rotta verzweifelt die Augen und versuchte, der erneut aufsteigenden Panik die Stirn zu bieten.

"Jetzt nur nicht die Nerven verlieren!" redete er sich ein. "Jeder Weg ist endlos – es muss einfach weitergehen!"

Er atmete tief durch, als ihn ein unangenehmes Schwindelgefühl überfiel. An die Wand gelehnt wartete er, bis es verflogen war und die momentane Situation wieder klarer wurde.

Tastend suchte er dann die Wand ab, um festzustellen, ob nicht vielleicht doch ein rettender Durchgang zu finden war, der ihn weiter führte und von diesem Horrorszenario erlöste.

Er hielt den Atem an, als er erkannte, dass die Wand

einen Bogen zur andern Seite machte. Hoffnungsvoll ging er weiter. Nach einer langgezogenen Biegung ging es plötzlich weiter und er glaubte seinen Augen nicht zu trauen, als ein schwacher Lichtstrahl durch die Finsternis brach.

Rotta begann wieder schneller zu laufen. Das Licht kam nicht unmittelbar vom Ende des Ganges her. Der Schriftsteller stiess auf eine Tür, die halb offen stand. Misstrauisch näherte er sich dem Eingang. Ein grosser, aussergewöhnlich hell erleuchteter Kellerraum zeigte sich. Die Wände weiss getüncht und sauber. Auf Regalen, die sich den Wänden entlang zogen, standen ordentlich aufgereiht, unzählige weisse und bunte Gläser. Ebenso Flaschen mit Flüssigkeiten in allen erdenklichen Farben. Das Ganze wirkte wie ein riesiges und überdimensionales Forschungslabor oder eine futuristische Experimentierkammer.

Zu seiner grössten Überraschung, entdeckte Rotta auf einem Regal, fein säuberlich gestapelt, eine ganze Anzahl weisser Flügel – Flügel, wie sie Engel auf Bildern und Illustrationen zu tragen pflegen.

Neugierig schob er den Kopf noch etwas weiter durch die Türöffnung. Sein Herzschlag stockte.

Alle möglichen Gedanken jagten durch seinen Kopf. Er sah das Mädchen wieder, das es schon in seinem vermeintlichen Traum gesehen hatte; das hübsche junge Mädchen mit dem himmelblauen Kleid und den rötlichen Haaren.

Es lag auf einem grossen, weissen Tisch. Ihre Haut war frisch und unbeschädigt. Die kleinen Brüste hoben und senkten sich unter dem dünnen Stoff. Sie atmete ruhig und regelmässig.

Wie war so etwas nur möglich, fragte sich der erstaunte und erschrockene junge Schriftsteller? Er hatte doch mit eigenen Augen miterlebt, wie das wehrlose Geschöpf getötet worden war und danach von den grässlichen, embrioähnlichen Wesen zerrissen wurde. Er hatte ihren zerfetzten Leib gesehen, als ihr dieser grausame Jessai in seiner Mordlust die Messerschnitte beibrachte.

Rotta registrierte nun auch die vielen, blitzsauberen Instrumente, die auf einem kleinen Nebentisch lagen. Ausserdem stieg ihm ein feiner Ätherduft in die Nase. Die ganze Szene erinnerte an einen Operationssaal; aber hier, in diesem geheimnisvollen Raum wurden bestimmt keine komplizierten Herztransplantationen durchgeführt, kein entzündeter Blinddarm entfernt oder Bandscheibenvorfälle und Beinbrüche repariert. Hier gingen andere, besonders geheimnisvolle Dinge vor sich.

Ein Geräusch liess Rotta zusammenzucken. Er zog automatisch den Kopf etwas zurück und suchte Deckung hinter den Gestellen.

Aus einer Tür, am unteren Ende des Raumes, erschienen zwei Gestalten. Rotta schluckte, als wäre im ein Fremdkörper in die Speiseröhre gedrungen.

Es waren zwei von den lebenden Toten, die in weisse Ärztekittel gehüllt, an den grossen Tisch traten, auf dem das Mädchen lag. Ihre Gesichter verhüllt mit den bekannten Operations-Masken von Chirurgen.

Sofort begann ein emsiges Treiben. Das Mädchen wurde entkleidet und auf den Bauch gedreht, Instrumente bereitgelegt und allerlei Vorbereitungen getroffen.

Unfähig, sich zu bewegen, folgte Rotta dem eigenartigen Treiben. Ein hypnotischer Zwang wurzelte ihn an Ort und Stelle fest. Sein Blick haftete starr auf dem nackten Körper des Mädchens.

Nun holte einer der knochigen Chirurgen eine Maschine – eine Bohrmachine. Dann begann er mit der makabren Arbeit. Er bohrte dem Mädchen zwei Löcher in die Schulterblätter. Mit Schrauben wurden nun die weissen Flügel festgemacht. Routiniert assistierte der andere Knochige, reichte ruhig und routiniert Instrumente, Werkzeuge und Material.

Der ganze Vorgang dauerte nur ein paar Minuten. Danach hoben die Beiden das Mädchen hoch, legten ihm einen breiten Ledergurt um die Hüfte und hängten es an einen von der Decke baumelnden Haken.

Waagrecht, sich langsam drehend hing der narkotisierte Körper in der Luft. Wären die Umstände nicht so grausam und makaber gewesen, hätte der Beobachter sicher lachen können. Rotta aber war durchaus nich zum Spassen aufgelegt. Er suchte verzweifelt eine Möglichkeit, dem wehrlosen Mädchen zu helfen.

Im gleichen Moment vernahm er Geräusche in seinem Rücken. Er spürte, dass er nicht mehr allein war und warf instinktiv den Kopf herum.

Ein Aufschrei entrann seiner Kehle. Hinter ihm stand Jessai und zwei seiner Jünger. Die Totenfratze von Jessai schien hämisch zu grinsen, falls der Knochenschädel überhaupt zu einer solchen Gesichtsveränderung fähig war. Kalter Schauer überzog Rottas Körper. Der Anblick dieser makabren Szenen wurden ihm unerträglich

Jetzt nur weg hier! sagte etwas in Rottas sensibilisiertem Unterbewusstsein. Er warf sich einfach gegen seine Häscher.

Ein Gegenstand pfiff durch die Luft und traf ihn am

rechten Oberarm. Er fühlte den feinen Stich. Die Ohnmacht übermannte ihn. Eine feine Nadel, mit einem Betäubungsgift, hatte ihn getroffen und begann sofort zu wirken.

Aber nochmals bäumte er sich mit letzter Kraft auf, kämpfte gegen die aufkommende Bewusslosigkeit und versuchte sich auf den wackligen Beinen vorwärts zu bewegen. Er taumelte, sah mit verschwommenem Blick die hämisch triumphierende Fratze von Jessai und verlor dann endgültig das Bewusstsein.

*****

Die aussergewöhnlichen, seltsamen Erlebnisse der Vergangenheit nahmen seinen Geist schon wieder gefangen. Es gab viele abnorme, skurrile und nicht alltägliche Begegnungen in seinem Leben.

Dazu gehörte auch die Geschichte einer besonderen Frau mit einer unglaublichen Geschichte. Eine Geschichte, die endlosen Stoff zu Tag-, Nacht- und Albträumen spann.

Rotta entdeckte sie durch eine Zeitungs-Anzeige. Auf diese musste er einfach schreiben, denn er liebte es, seltsame Angebote zu prüfen und diesen auf den Grund zu fühlen. Und es hatte sich gelohnt. Als sie ihm ihre Geschichte erzählte, wusste er, dass es der Zeit und Mühe wert war, diese Frau zu treffen und ihr gebannt zuzuhören.

"Mit sechzehn oder siebzehn las ich in einer Illustrierten, dass es einmal Läuse gegeben hat, die in zwanzig Minuten eine Leiche gefressen haben und als Zugabe noch einen ganzen Wald. Die Bäume seien einfach umgefallen. Ich hatte die Geschichte schon wieder vergessen, als mir eines Tages die Teufel bestätigten, dass sie die Läuse hypnotisiert hätten. Heute weiss ich, dass die Teufel die Läuse noch immer hypnotisieren, diese Millionen von Eiern legen und so gross werden, wie ein ganzes Land. Aber jetzt fressen sie lebendige Menschen, – immer zuerst das Hirn.

Ich habe Erzengel Gabriel, – er ist mein Schutzengel und rettet mein Hirn. Gabriel ist gleich gross wie sein Rivale Luzifer. Luzifer versucht natürlich alle kaputt-zumachen, die solches von ihm erzählen. Aber das ist mir egal. Ich werde auch ein Buch darüber schrei-ben, denn es gibt einen Teufel, der sich teilen kann in tausend kleine Teufelchen. Doch die Kleinen sind nicht so schlimm. Sie folgen sogar unserem Herrgott, damit sie endlich sterben können. Aber auch das gefällt natürlich dem Luzifer ganz und gar nicht.

Einmal hörte ich mein Herz schlagen. Zwölfmal. Da sagte mir eine innere Stimme, dass der Papst in fünf Minuten sterben werde. Acht Tage, nachdem Papst Johannes Paul gestorben war, erzählte mir ein Teufel den ganzen Abend, dass sie den Papst umgebracht hätten. Sie hätten aber schon im voraus gewusst, dass sie ihn nicht sezieren würden. Er sagte, sie hätten gar nichts vom Leben, nur wenn ihnen so etwas gelingen würde, dann hätten sie ein paar Tage Freude. Das ist sehr traurig, immer so zu leben. Dann klagte er, dass er so lange gebraucht habe, um meine Nachbarin umzubringen und jetzt müsste er mich töten, aber er könne nicht mehr.

Leo, das ist der grösste Teufel den es gibt, sagte mir einmal, dass er es ist, der mich immer beschützt hat. Nach seiner Pensionierung hat dann der Lucifer sein Amt übernommen. Leo möchte einmal in den Himmel kommen. Ob das dem Lucifer aber recht ist? Er behauptet ja immer, dass Teufel nie sterben können. Darum gibt es so viele auf unserer Welt.

Einmal habe ich einen Bach gesehen. Es war der Elefantenbach. Millionen kleiner Elefanten rieselten das Bachbeet hinunter und irgendwo, in einer Biegung, lag ein grosser Elefant und staute den Bach. Ich habe nachher nie mehr einen Elefanten gesehen. Vielleicht haben die hypnotisierten Läuse alle gefressen.

Ich kenne die Ordnung im Himmel. Die Irländer sind ganz vorne bei den Teufeln plaziert. Rechts von der Mitte sind die Schweizer. Hinten die Deutschen und etwas mehr links die Italiener. Ganz links ist Platz für die Belgier und ganz unten sind die Afrikaner und die Chinesen. Die Russen sind ganz oben. Warum gerade die Russen? Das weiss ich auch nicht. Aber ich weiss, dass während dem zweiten Weltkrieg, zwei Drittel aller Teufel in Deutschland waren.

Lucifer aber war immer überzeugt, dass es nicht zum Atomkrieg kommen würde. Ja, Ja. Ich weiss vieles. Fünf Jahre konnte ich hellsehen. Zuerst nur Schwarz-Weiss-Bilder. Etwa zehntausend. Dann ein paar wunderschöne farbige. Und dann wurde ich nervenkrank. Wahrscheinlich, weil mich der Teufel Lucifer erpressen wollte. Er drohte mir, dass er meine Mutter und meine Tante in den Weltraum schleudern würde, wenn ich nicht das mache, was er wolle. Er teilte mir das alles telefonisch mit. Seither versuchen komische, undefinierbare Luftformationen, mein Schlafzimmerfenster zu zertrümmern. Es sind die grossen, schwarzen Vögel, die sich in zusammengepresste Luft verwandeln, um nicht erkannt zu werden. Lucifer hat mich gewarnt. Ich werde jetzt nichts mehr erzählen, sonst erpresst er mich weiter."

Rotta rauchte der Kopf, beim Anhören ihrer Geschichten. Und trotzdem - er war auch grenzenlos fasziniert. Es waren Erlebnisse, die sich kein Mensch ausdenken konnte. Dazu musste man ganz einfach irr sein oder die Begegnung mit Lucifer leibhaftig erlebt haben. Da er von dieser Frau auserwählt worden war, ihre Geschichte niederzuschreiben, konnte und wollte er nicht einfach die Flucht vor diesem Wahnsinn ergreifen. Sein Interesse blieb hellwach und so lauschte er den weiteren Schilderungen.

"Einmal schrieb ich auf der Schreibmaschine die Erlebnisse mit dem Teufel nieder. Plötzlich merkte ich, dass ich dumm war und nicht denken konnte. Da meldete sich der Teufel und sagte, er hätte mir das Hirn abgesogen. Ich hielt die Hände über die Stirn, ging im Zimmer auf und ab und sagte dabei immer wieder: Halt – Stop! Die Kraft zum Denken kam wieder zurück. Darauf lagen zwei Teufel zerstört am Boden. Sie fluchten über denjenigen, der mir geholfen hatte. Der eine Teufel wurde dann immer leiser und er jammerte: "dass mir so etwas passieren konnte!" Er sagte, dass er jetzt dem andern Teufel etwas Kraft wegnehmen müsste, damit er wieder der grösste Hypnotiseur der Welt werden könne.

Ein anderes mal war der gleiche Teufel bei mir in der Wohnung. Er sprach Schweizerdeutsch. Alle fünf Minuten flehte er mich an, dass ich mir das Leben nehmen soll. Der Herrgott hätte seine Kraft verloren und er sei nun der letzte grosse Engel. Mit seinen Teufelskollegen habe er die Muttergottes ver-schleppt, als sie verstorben war. Wenn ich heute Nacht sterben würde, könne ich die Muttergottes ret-ten. Etwa zehn Tage frohr ich nun und ich wurde Magenkrank. Ich dachte sofort an Krebs. Aber dies war keine gewöhnliche Krebskrankheit. Die wuchert nämlich sieben mal mehr. Der Teufel wollte mich also weghaben. Aber der Herrgott würde mir helfen und mich heilen. Da war ich in einer Stunde gesund. Ich fragte dann den Teufel, ob er nichts hätte machen können, dass sie das im Spital nicht gesehen hätten. Aber der war ratlos."

Die weitere Geschichte dieser Frau hätte Rotta lie-bend gerne weiter verfolgt. Sie war aussergewöhn-lich, wirkte intelligent, verrückt, gewöhnlich. Ein Wechselspiel von vielen Gesichtern. Ein Maskenball der Gefühle. Aus unerfindlichen Gründen aber ver-schwand sie plötzlich und alle seine intensiven Nachforschungen blieben erfolglos. Rotta weiss nicht, was mit ihr schliesslich geschehen ist. Er hatte sie nie mehr gesehen und nie mehr etwas von ihr gehört. Aber er dachte noch oft an diese Gespräche. Und oft hatte er versucht, den Sinn in eine verständliche Geschichte zu übersetzen. Nur, – wie heisst die Sprache einer Verrückten?

Und dann stellt sich auch noch die Frage: Wer ist eigentlich verrückt? Diese Frau oder alle andern – die Normalen?

******

Christopher Rotta warf unruhig den Kopf hin und her. Er fuhr sich mit der Zunge über die trockenen, spröden Lippen. Merkwürdig, wie schwer es ihm fiel, diese bleierne Müdigkeit abzustreifen.

Er spürte jetzt auch die harte Unterlage, auf der er ausgestreckt lag. Sein eigenes Bett konnte das nicht sein; so hart hatte er noch nie gelegen.

Mechanisch griff seine Hand nach dem Lichtschalter. Sie griff ins Leere. Er presste die Augen fest zusammen und versuchte sich dann auf die Umgebung zu konzentrieren.

Langsam setzte er sich auf. Wo befand er sich – was war geschehen? Fröstelnd zog er die Schultern hoch.

Er trug nur eine dünne Pijamahose. Sein Oberkörper war nackt. Er fror. Seine Blicke versuchten die Dunkelheit zu durchdringen.

War dort nicht ein Lichtschein – schwach, flackernd mit hellen und dunklen Schattenspielen.

Vorsichtig erhob er sich und fühlte den unebenen, rauhen Steinboden unter den unsicher tastenden Füssen. Christopher Rotta biss die Zähne zusammen und versuchte mit weit aufgerissenen Augen, die verschwommenen und unklaren Umrisse seiner Umgebung auszumachen. Er wollte aufwachen, doch der Schleier in seinem Blickfeld blieb unzerreissbar.

Er stolperte über die eigenen Füsse, fiel zu Boden, rappelte sich mühsam wieder hoch. Mit der Hand rieb er über die schmerzenden Stellen am Fuss. Er fühlte die klebrige Masse, die aus einer Wunde floss. Gänsehaut überzog seinen Körper. Er fror entsetzlich. Wie in Trance ging er weiter – tastete sich an der kalten, feuchten Wand entlang.

Der Lichtschein in der Ferne wurde stärker und heller. Er erkannte jetzt die Umrisse des hohen Gemäuers, erblickte die zahllosen, dichten Spinnennetze, die von der Decke hingen und sein Gesicht eklig berührten.

Etwas weiches bewegte sich zwischen seinen

Füssen. Eine dicke Ratte beschnupperte ihn. Erschrocken presste er die Hand vor den Mund, bewegungslos verharrend.

Die Ratte verzog sich wieder, ohne grosse Hast. Schaudernd schaute Rotta dem unangenehmen Zeitgenossen nach. Er hatte einmal gelesen, dass ein Mensch augenblicklich erwachen würde, sobald er eine Situation träume, der er nicht mehr gewachsen wäre.

Aber er erwachte nicht. Er fühlte, wie das Entsetzen seine Kehle zuschnürte – und doch ging der Albtraum weiter.

Plötzlich hörte er Stimmen, ganz in der Nähe. Ketten rasselten. Rotta hielt den Atem an, wagte keinen Schritt mehr zu tun.

Und dann bewegte er sich doch wieder, wie von unsichtbarer Hand gelenkt. Er tastete sich behutsam weiter, den Blick ständig auf den Lichtfleck an der Wand gerichtet, auf der sich ein flackernder Schein abzeichnete.

Dieser entpuppte sich aus der Nähe als Fackel. Der brennende Lichtstab steckte in einer verrosteten Halterung unmittelbar neben einem vergitterten Fensterloch.

Rotta hörte wieder die Stimmen. Es klang wie ein leiser, vielstimmiger Gesang. Das Kettengerassel begleitete den Chor mit grobem Rhythmus. Und dann sah Rotta die ganze Szene.

Seine Augen drohten aus den Höhlen zu treten. Er blickte in einen Kerker. Durch das Fensterloch mit den dicken, eisernen Gitterstäben, präsentierte sich ein ungeheures Bild.

Unzählige Engelgestalten mit schwarzen Flügeln, hingen an Ketten, schwebend im riesigen Gewölberaum. Ihre Gesichter hatten sie verloren. Nur die nackten Totenschädel waren noch geblieben.

Inmitten dieser bizzarren Figuren entdeckte Rotta das zarte, rothaarige Mädchen. Sie war als einzige noch hübsch und unbefleckt – ihre Flügel, weiss wie Schnee.

Entsetzt – erschrocken nahm Rotta das Bild in sich auf. Immer wieder dieses Mädchen. Warum hatte sie als einzige noch ihr wahres Gesicht und die schneeweissen Flügel? Auf was für einem seltsamen, aber auch schaurigen Weg befand sich dieses Geschöpf? Rotta schloss, in grosser Ratlosigkeit, für einen Augenblick die Augen. Er biss sich heftig auf die Lippen. Blut rann auf seine Zunge.

Nein – ich will diesen Weg nicht mehr weitergehen, ich will aufwachen! schrie es in ihm.

Das Blut pochte in den Schläfen und rauschte in den Ohren wie ein wilder Ozean. Immer wieder musste er das schöne Mädchen betrachten, das seine Blicke erwiederte, aber keinen Laut von sich gab und keine Reaktionen zeigte. Scheinbar willenlos hing es in der Luft und kreiste inmitten der schaurigen schwarzen Engel an der eisernen, klirrenden Kette.

Er erkannte mit Schrecken, dass er nicht mehr fähig und Willens war, seine Gedanken klar und logisch zu ordnen. Krampfhaft versuchte er zu rekonstruieren, aber die Zusammenhänge verschwommen sofort wieder.

Traum – Wirklichkeit? Fragen über Fragen, ohne eine einzige Antwort. Alles drehte sich wie ein Karrussel. Es wurde ihm plötzlich zu eng. Platzangst ergriff ihn. Panisch rannte er los. Ohne sich einmal umzudrehen hetzte er weiter durch den endlos scheinenden Gang. Angst und Entsetzen peitschten ihn gnadenlos vorwärts.

Wirre Bilder verfolgten ihn: der Sarg, das Mädchen, die lebenden Toten, Jessai, die grässliche Gruft, der Friedhof und die blutige Dusche defilierten durch sein strapaziertes Hirn.

Die Haare hingen ihm wirr ins Gesicht. Die Augen glühten fiebrig, sein ganzer Körper brannte, als stünde er in einem alles verzehrenden Feuer.

Er wusste nicht, wie lange er rannte, wie oft er stehen blieb, wie oft er stolperte, wieder aufstand um erneut zu rennen.

Dann stand er plötzlich und unerwartet am Ausgang der Hölle. Der Gang war zu ende und vor ihm tat sich der Himmel auf.

Erschöpft liess er sich fallen. Er spürte frisches Gras auf der Haut. Frische Luft drang in seine Lunge. Hoffnung und grosse Erleichterung überkamen ihn. Er war der Hölle fürs Erste entronnen.

Nach einer kurzen Verschnaufpause, als er den Atem wieder gefunden und die Gedanken etwas klarer wurden, hob er vorsichtig den Kopf und rieb sich die Augen.

Rotta lag in einer Wiese. Eine Strasse zog sich wie eine endlose, graue Schlange in die Ferne.

Von neuer Zuversicht gestärkt erhob er sich vom grünen Teppich und eilte zur Strasse. Die Gegend war ihm unbekannt. Aber schliesslich führte jede Strasse an irgend ein Ziel; in ein Dorf oder eine Stadt. Egal – nur weg von hier!

Er warf den Kopf herum und lauschte angespannt. Motorengeräusche erklangen aus der Ferne.

Ein dunkler Kastenwagen näherte sich langsam.

Rotta sprang auf die Strasse, winkte und rief. Der Wagen stoppte dicht neben ihm. Er sprach mit den Männern im Wagen, wild mit den Armen und Händen gestikulierend. Dann setzte er sich zwischen die zwei Männer im Führerhaus.

Einer der beiden, ein junger bleicher Bursche mit dichtem schwarzem Haar und einem schmalen Lippenbärtchen zerrte eine Wolldecke aus dem hinteren Teil des Wagens und legte sie dem verstörten Anhalter über die Schultern.

"Wir helfen ihnen, junger Mann," sagte er beruhigend.

"Sie werden sehen, dass sie nur schlecht geträumt haben. Bestimmt war es nur ein böser Traum." Dabei klopfte er seinem Schützling auf die Schultern. "Ich heisse übrigens Otto und das," er deutete auf den Fahrer "das ist Theo."

Rotta nickte nur dankbar. Langsam fuhr der dunkle Kastenwagen den Weg zurück, den Rotta den beiden Helfern beschrieben hatte und zu seiner Wohnung führte.

"Ich will nicht in meine Wohnung zurück," sträubte er sich plötzlich wieder.

"Du brauchst dich nicht zu fürchten," beruhigte der Fahrer den histerisch anmutenden Rotta.

Der Wagen hielt dicht vor der Haustür. Das Motorengeräusch erstarb. Gespenstische Stille und ungeheure Anspannung begleitete den Moment.

"Komm, gehen wir," sagte Otto und fasste Rotta am Arm. Widerwillig liess sich dieser mitführen.

Theo, der Fahrer blieb zurück. Otto und Rotta betraten das Haus. Stille empfing sie.

"Wo ist ihre Wohnung?" wollte Otto wissen.

"Oben, in der ersten Etage."

Sie stiegen die Treppe hoch. Die hölzernen Stufen knarrten unter ihren Schritten.

Rotta riss sich los. "Ich gehe nicht weiter – keinen Schritt!" stiess er hervor. Mit aufgerissenen Augen starrte er zur offenen Tür seiner Wohnung. Die Erinnerungen an das Geschehene waren noch zu frisch in seinem Gedächtnis. Er schob seinen Begleiter vor. "Sehen sie nach!" keuchte er. In seinen Augen leuchtete wieder der Wahnsinn.

Otto stieg die letzten Stufen hoch und näherte sich der Tür. Er schüttelte den Kopf. "Nichts zu sehen und nichts zu hören – alles in bester Ordnung."

"Alles in Ordnung?" stammelte Rotta fragend und misstrauisch fuhr er fort, zögernd die Stufen hochzusteigen. "Kein Blut in der Dusche – kein Geheimgang? – und die Engel...?"

Otto hatte sich überall umgesehen und trat nun wieder zu dem verstörten Hilfesuchenden, den sie auf der Strasse aufgelesen hatten. Er schüttelte den Kopf. "Nichts Aussergewöhnliches. – Kein Jesus, keine Teufel, keine Totenschädel und keine himmelblauen Engel. Nichts von all deinen unheimlichen Begegnungen. – Vielleicht war es wirklich nur ein ganz übler Traum?" bemerkte Otto zum Schluss. Dabei lächelte er verständnisvoll und beruhigend.

Trotz der tröstenden Worte, näherte sich Rotta nur widerstrebend der Tür seiner Wohnung. Er musste sich am Türrahmen abstützen. Er begriff nichts mehr – bekam plötzlich Angst vor sich selber.

Er wankte und wurde kreidebleich. Otto musste ihn stützen. Mit kaum wahrnehmbarer Stimme fragte er, wie sich wohl Wahnsinn bemerkbar mache.

"Sagen sie es mir," sagte er mit erstickter Stimme zu seinem Begleiter. "Haben sie schon einmal einen Irren gekannt und erlebt?" Er musste das Wort "Irren" förmlich herauspressen. "Wie beginnt es? – Halluzinationen? – Verfolgungswahn?"

"Ich bin kein Arzt und schon gar kein Psychiater, junger Mann. Aber du hast ein Problem. Ich werde dich jetzt ins nächste Sanatorium bringen. Dort gibt es Fachleute, die dir helfen können und vielleicht bist du in ein paar Stunden schon wieder beruhigt und zufrieden hier Zuhause. – Ich bin sicher, dass es nichts Ernstes ist..."

Otto, der Mann mit dem Lippenbärtchen nahm Rotta am Arm und führte ihn die Treppe hinunter.

Rotta sah den dunklen Kastenwagen und den wartenden Fahrer. Theo öffnete die Hecktür. "Du kannst dich da hinten hineinlegen, auf die Decken im Fond des Wagens," meinte er hilfreich.

Rotta hob den Kopf und schickte sich an, der freundlichen Aufforderung nachzukommen – dankbar und erschöpft.

Aber dann stoppte er wieder brüsk in seinen vorsichtigen Bewegungen. Alles in ihm sträubte sich gegen das, was seine fiebrigen Augen wahrnahmen. Vor ihm im Wagen, stand ein schwarzer Sarg. Auf dem Deckel ein goldener Totenschädel und in roten Buchstaben der Name "Christopher Rotta." Eine halb abgebrannte Kerze legte ihren flackernden, gespenstischen Schein über das makabre Bild. Dieser Anblick verschleierte Rottas Augenlicht und der Verstand schaltete aus.

*****

Die kahlen Wände der engen, hohen Zelle spiegelten Erinnerungen wieder. Bilder tanzten in wirrem Durcheinander eine wilde Orgie vor. Unwirkliches vermischte sich mit dem realen Geschehen und liess dann grosse Verwirrung zurück.

Es war einmal…. das heisst eigentlich, immer und immer wieder war er da. Ständig geisterte er im Kopf von Christopher herum, hinderte ihn, an das Wesentliche im Leben zu denken und vernebelte jeglichen Sinn für die Realitäten des Alltags.

Er hielt sich an den Vorstellungen des Abenteuers fest, malte Bilder und schrieb Geschichten von Episoden und fiktiven Erlebnissen, bis er vergessen hatte, dass er nur ein Traumbild malte.

Und so schnürte er Tag für Tag sein festes Schuhwerk, warf sich den leicht gepackten Rucksack über die Schultern und machte sich auf den langen Weg zum ersehnten Ziel.

Aber jeden Abend erreichte er den Ausgangspunkt und schlüpfte unter die Bettdecke in seinem Zimmer. Müde, aber glücklich wieder eine Etappe geschafft zu haben, fiel er in einen tiefen Schlaf. Und jetzt begann der Film wieder abzulaufen. Er erlebte den Tag Meter um Meter, begegnete den Menschen auf dem Weg nach China, traf sich mit Schwarzen, Weissen und

Roten, durchquerte Italien, Frankreich, Spanien und die Türkei und flüchtete in wilder Angst durch das Indianerland. Hunderte von Rothäuten galoppierten hart an seinen Fersen, aber die knappe Distanz zum Flüchtenden blieb immer die gleiche.

Plötzlich war die wild johlende Meute verschwunden. Christopher ruhte sich erschöpft hinter einem schattenspendenden Felskoloss aus und stärkte sich aus seinem Rucksack. Er schälte sich eine riesige, dicke Brillenschlange, schnitt sie in feine Ringe zwischen zwei Kaktusseiten und trank die frische Milch einer Berggemse, die sich in den Wilden Westen verirrt haben musste.

Am Horizont versank langsam die goldene Sonne und der warme Steppensand glitt angenehm durch die nackten Zehen. Er hatte auf der Flucht sein Schuhwerk verloren und hatte es bis zum jetzigen Zeitpunkt nicht bemerkt. Nach den erfolgreich überstandenen Strapazen kümmerte dieser Umstand aber wenig. Die Rothäute trugen schliesslich auch kein schmückendes Beiwerk an den Füssen. Das Ziel würde er deshalb keinesfalls aus den Augen verlieren.

Und so erreichte Christopher auch an diesem Abend sein Ziel, liess sich unter der Dusche das erquickende Nass über den müden Körper perlen, bevor er im weichen Bett versank, wo er dem nächsten Tag entgegenträumte.

******

Der Weg wurde steinig. Kurz vor Rom lagen die entwurzelten Bäume kreuz und quer über den breiten Strassen. Nur wenig Menschen belebten die Stadt. Kein Hinweisschild zum Vatikan war zu finden. Christopher irrte stundenlang durch die Häuserschluchten. Jedes Lebewesen fragte er nach dem Weg zum mächtigsten Mann der Kirche. Aber niemand antwortete auf seine Fragen. Sie rannten weg oder zogen sich verstohlen in ihre Bambushütten zurück. Jede offene Tür wurde vor seiner Nase zugeschlagen. Als würde er die Pest mit sich tragen, stoben Alt und Jung auseinander, sobald er sich auf ein paar Meter genähert hatte. Der Weg schien verbaut und versperrt. Ablehnung versprühte sich, wohin er sich wandte.

Doch dann öffnete sich die neblige Luft wie ein riesiger, seidener Vorhang. Christopher stand vor dem prunkvollen Portal der katholischen Residenz. Und er wurde heute das erste mal erwartet und freudig empfangen. Mit ausgebreiteten Armen stand der kleine Mann zuoberst auf der breiten, grossen Treppe.

Woitilus gurrte und schnurrte erregt dem Gast entgegen. Der farbenfrohe Umhang über seinen hängenden Schultern wehte leicht im müden Wind. In den Augen erschien ein erwartungsvoller, dankbarer, aber auch etwas gieriger Blick. Rotta ging langsam mit vorsichtig tastenden Schritten die breite Treppe hinauf. Neugierig und erwartungsvoll beobachtete er die geifernde, kleine Gestalt im etwas zu grossen farbenfrohen, reichgeschmückten Umhang auf der obersten Stufe.

Das Bild wurde unvorbereitet zerrissen. Nebel verhüllte Rottas Augen. Es wurde dunkle Nacht...

******

An der Decke formten sich Eisblumen zu grossen Sträussen. Rotta fror. Die Wolldecke über seinen Schultern gab nur wenig Wärme ab. Einsamkeit streifte seine Gefühle. Ein Kloss bildete sich im Hals, wuchs zum Knollen und drohte ihn zu ersticken. Der kranke Schriftsteller fühlte sich einem grässlichen Umwetter ausgesetzt, wie ein kleines Ruderboot in den riesigen Wellen des tobenden Meeres.

Dann wurde die Bilderfolge wieder langsamer, begann zu flimmern, um schliesslich ganz zu verschwinden. Die Zelle hatte ihn wieder.

Unerwartet ertönten tiefe Glockenklänge – überfluteten den ganzen, unfreundlichen Raum. Ein wahnsinniger Klang – ein monumentales Erlebnis. Die Schläge trugen alles mit, liessen die Wände zerspringen und Rotta hochheben.

Dann verhallten sie in ein fern abziehendes Echo. Leise Musik fiel wohltuend ein. Rotta wand sich auf dem nackten Boden und genoss die Entspannung.

Dann ertönte ohrenbetäubendes Rauschen, Krachen, Rattern – Sirenengeheul. Es traf Rotta wie ein Donnerschlag. Er schrie; der Körper zuckte von Schmerzen gepeinigt. Gegenstände, Wände und Decke begannen sich zu drehen – immer schneller, immer wilder.

Der gepeinigte Schriftsteller schleppte sich mit Mühe zum Clo. Speiübel war ihm. Er kotzte sich fast die Därme aus dem Leib.

Er bemerkte die Risse im weissen Email der Clo-Schüssel, die sich in ein riesiges Spinnennetz verwandelten. Rotta versuchte aufzustehen, mit aller Kraft sich abzustemmen. Aber die Kraft reichte nicht aus. Der Kopf fiel ins Spinnennetz und verfing sich in

51

den klebrigen Fäden.

Eine überdimensionale Spinne, mit einem dicken runden Bauch, turnte durchs Netz.

Der Schweiss trat aus den Poren, ins Gesicht des sich verzweifelt Wehrenden. Der Spinne konnte er nicht mehr entkommen. Sie hatte den Fangarm bereits nach ihm ausgestreckt und umschlang das Opfer. Ihre Augen rollten in schändlicher Mordlust. Gierig fuhr ein Dorn zwischen ihren Zähnen hervor.

Entsetzen packte Rotta. Verzweifelt versuchte er diese tödliche Waffe abzuwürgen.

Dann verliess ihn aber die Kraft und ein Schrei entfuhr seiner Kehle. Der spitze, giftige Stachel bohrte sich zwischen die Augen. Blut spritzte. Ein roter Feuerregen öffnete den tiefen Schlund in den er rettungslos fiel...

******

Das grelle Licht einer Neonröhre brachte Christopher Rotta wieder in die Realität zurück. Totenstille empfing ihn. Er lag auf dem nackten Boden der Zelle. Die Augen brannten wie Feuer. Schützend hielt er den Arm übers Gesicht. "Macht doch die verdammten Scheinwerfer aus!" wimmerte er flehend.

Blinzelnd versuchte er die Umgebung auszumachen. Sein Geist war unklar und begann sich nur allmählich zu aktivieren.

"Wo bin ich, was ist los mir mir? – Warum bin ich in diesem schrecklichen, kalten Zimmer?" Die Fragen verhallten ungehört im Raum. Keine Antworten kamen zurück an sein Ohr.

Rotta stützte sich auf und zog seinen zerschlagenen und geschundenen Körper auf die Pritsche. Fröstelnd warf er sich die Decke über. Er schüttelte den wirren Kopf und sah verstört von einer Ecke zur andern.

Entschlossen erhob er sich plötzlich und ging zur Tür. Vergeblich suchte er dort nach einer Klinke. Sie fehlte, weil es in Nervenheilanstalten nicht üblich war, dass ein Patient das Zimmer ohne Genehmigung verlassen konnte.

Mit aller Kraft versuchte er, die schwere Holztüre gewaltsam zu öffnen. Aber sie gab nicht nach.

Entmutigt gab er auf und setzte sich wieder auf sein Lager. Lange Zeit sass er einfach da, mit hängendem Kopf, den Blick unentwegt auf den Boden gerichtet. Er suchte Konzentration, Antworten und vielleicht ein Zeichen, das einen Ausweg skizzierte.

Der Faden schien an einer Stelle gerissen, an dessen

anderem Ende die Erklärung seiner Geschichte stand.

Hohle Schritte, die immer näher kamen, wurden draussen vernehmbar, verhielten unmittelbar vor der Zellentür. Ein Schlüssel wurde ins Schloss gesteckt und mit viel Geklimper gedreht. Dann schwang die Tür schwerfällig auf.

Ein Geistlicher, in schwarzer Amtstracht, dem goldenen grossen Kreuz auf der Brust, trat in den Raum. Hinter ihm schloss sich die Tür sofort wieder.

Die Hände gefaltet, den Kopf leicht gesenkt, stand der überraschende Besucher, mit dem aufgesetzt feierlichem Gesichtsausdruck abwartend da.

Rotta drehte den Kopf. Er war liegen geblieben. Ungläubig betrachtete er den ungebetenen Gast. Instinktiv lehnte sich in ihm etwas gegen den schwarzen Mann auf.

Kein Wort fiel in die fast unangenehme Stille. Sie betrachteten sich gegenseitig in der Art, die wilde Tiere auszeichnet: angriffig, ablehnend, aufmerksam – jederzeit bereit zum Angriff oder zur Verteidigung.

Der Geistliche regte sich als erster wieder. Die freundlich-feierliche Miene ins Gesicht montiert, trat er an die Pritsche des Patienten.

Rotta fuhr, wie von einer Tarantel gestochen, auf.

"Bleiben sie, wo sie sind!" herrschte er den Besucher an, der sich sofort erschrocken wieder zwei Schritte zurückzog.

Rotta setze sich auf den Rand der Pritsche und schaute sein Gegenüber feindselig an. "Wer sind sie und was wollen sie von mir?"

Der Geistliche, sichtlich erleichtert endlich etwas sagen zu können, räusperte sich und suchte nach Worten. "Ich möchte mit dir reden, mein Sohn."

Rotta lachte ärgerlich. "Mit mir reden wollen sie! – Worüber denn?"

Der Geistliche hatte seine Selbstsicherheit schnell wieder gefunden und begann zu reden. Pausenlos bewegten sich seine Hände und Arme, malten Gesten in die Luft, streckte sich mahnend ein Finger; hob sich der Kopf gegen den Himmel, senkte sich wieder auf den Boden und schüttelte sich verneinend oder nickte zustimmend.

Dann schritt er wieder durch die kleine Zelle auf und ab, blieb stehen; sah fragend auf den jungen Mann, den er jeweils mit "mein Sohn" anredete und zwischendurch an den Schultern rüttelte.

Rotta sass die ganze Zeit über, regungslos wie eine Skulptur, am gleichen Platz. Er starrte zwar auf den ruhelosen Prediger, aber er hörte und verstand nichts. Kein Wort nahm er auf, die eigentlich ihm allein galten. Sein hohler Blick war abwesend. Er sah nur die Bewegungen der schwarzen Gestalt, die sich in bizarre Figuren und Formen verwandelte...

******

Ein Affe turnte durch die Palmen im tiefen Urwald und warf mit Kokosnüssen nach dem Papst, der segenspendend durch die Wildnis pilgerte.

Wütend hob der Heilige Vater den Finger und versuchte dann, die braunen Geschosse zurückzuwerfen. Und einmal traf er.

Der Affe schwankte benommen, stürzte, konnte sich an einem Ast nochmals auffangen ehe er fiel. Aber er fiel nicht auf den Boden. Plötzlich wuchsen dem ulkigen Tier in rasender Schnelle Flügel auf dem Rücken. Er war gerettet und schwang sich mit den Schwingen wieder hoch, schaute noch einmal zurück, lachte hämisch und streckte seine rote Zunge heraus. Dann entschwand er in den blauen Himmelshöhen. Zornig stampfte der Papst auf den Boden. Der Himmel begann mit einem male zu leben. Schwarze, schwere Wolken zogen auf und donnerten mit rasender Geschwindigkeit aufeinander. Helle Blitze zuckten aus dem wogenden Durcheinander. Dann tat sich der brennende Himmel auf und spuckte das Opfer aus.

Der Affe stürzte unaufhaltsam der Erde zu. Die Flügel waren verbrannt und die übrig gebliebenen Skelette konnten den Fall nicht mehr bremsen.

Ohnmächtig zerschmetterte das Tier auf dem harten, trockenen Boden.

Die Blitze verebten, der Donner grollte nur noch aus weiter Ferne und das klare Blau verdrängte die dunklen Wolken wieder. Ruhe und Frieden war eingekehrt.

Zufriedenen Blickes setzte der Heilige Vater seinen Weg fort, leise murmelnd und betend.

Neben dem zerschmetterten Tierkadaver spielte ein Skelett, auf der Orgel, leise Kirchenmusik. Aus dem dichten Busch drang dumpfer, monotoner Trommelklang.

******

"Unser Vater wird auch dir helfen, mein Sohn." Der Geistliche redete noch immer. "Er wird dir den Weg zeigen, der in die neue Zukunft führen, dich ständig begleiten, deine Schritte lenken und dir ewiges Glück und Zufriedenheit schenken."

Bei diesen Worten war er dicht vor den Patienten

getreten. Seine Hände legten sich auf Rottas Schultern und schüttelten den reglosen Körper. "Lass uns beten und um Vergebung bitten, mein Sohn!"

Bei diesen letzten Worten sprang Rotta auf. Mit stierem Blick begegnete er dem Geistlichen, der erschrocken an die Tür zurückgewichen war.

Tierische, knurrende Laute drangen aus der Kehle des Aufgebrachten. Breitbeinig stand er im Raum und keuchte atemringend.

"Geh zum Teufel, du verdammter Heuchler!" schrie Rotta und riss dabei die Decke vom Lager, mit der er wild um sich schlug.

"Lass mich in Ruhe! Lass mich – ich will nichts hören von deinem ominösen Herrn und ich verzichte auf dessen und deine verlogene Hilfe!"

Schaum stand auf seinen Lippen." Verschwinde oder ich prügle dich durch die geschlossene Tür!" Er tobte und schrie wutentbrannt.

Der Geistliche klopfte in panischer Angst gegen die Tür. Ein Schlüssel drehte sich darauf knirschen im Schloss.

Zwei weiss gekleidete, bullige Burschen erschienen. Der Geistliche entwischte in Windeseile zwischen den beiden. Rotta tobte weiter und schlug gegen alles, was im in die Quere kam oder näherte.

Gelassen gingen die beiden Pfleger auf den Tobenden zu. Ohne grosse Anstrengung packten sie zu und zogen ihrem Schützling die Zwangsjacke über. Aber sein Wille war noch nicht gebrochen. Mit letzter Kraft wehrte sich Rotta gegen seine Widersacher.

Eine Hand schlug ihn ins Gesicht. Wie vom Blitz getroffen, erschlaffte der Tobende. Er starrte ins Gesicht des einen Pflegers.

Erleichterung löste die verkrampften Gesichts-züge. Ein Lächeln trat in die Augen. Rotta hauchte: "Sie, Otto?"

Der Angesprochene nickte und tätschelte die Wange des nun ruhig auf der Pritsche liegenden Patienten. "Beruhige dich. Ich werde dir jetzt eine Spritze geben und dann wirst du schlafen können, wie ein Murmeltier."

Rotta nickte dankbar. Er hatte Otto wieder erkannt, der ihm schon einmal geholfen hatte.

Den Stich der Nadel spürte er kaum und kurz darauf fiel der Vorhang über seine Augen.

******

Christopher Rotta fühlte sich unendlich frei. Die

Wolken trugen ihn seit Stunden durch endlose Weiten. und einen tiefen Frieden.

Der strahlende Himmel zeigte seine Schönheit in unzähligen Blautönen. Die Sonne lächelte ihm freundlich und aufmunternd entgegen. Ein leiser Wind spielte in seinen Haaren.

Ab und zu kreuzte eine andere Wolke seinen Weg. Rotta winkte vergnügt und lehnte sich dann wieder in den wolligweichen Daunensessel zurück.

Er genoss die Weite des unendlichen Raumes in vollen Zügen. Eine Taube kreiste über ihm und setzte sich nach ein paar Rundflügen zu ihm, an den Rand des schwebenden Traumboots.

Leise, beruhigend sprach Rotta mit dem lieblichen Tier. Aufmerksam lauschte die Taube seinen Worten, als verstünde sie jede Silbe.

Behutsam streckte Rotta den Arm aus und unaufgefordert hüpfte der weisse Friedensbringer auf den angebotenen Hochsitz.

Entzückt betrachtete er den zutraulichen Vogel, hielt ihm von Zeit zu Zeit den Finger vor den Schnabel und streichelte den feinen Federkopf.

"Wenn du mich verstehen könntest, du wunderschöner Vogel, ich hätte dir viel zu erzählen. Ich würde dir von einem märchenhaften Mädchen berichten, das ich wiedersehen möchte. Ich glaube, ich habe mich verliebt. Gesehen habe ich es, aber nie mit ihm gesprochen. Ihr Haar hat das schönste Rot; die Augen funkeln wie Diamanten; ihre Haut muss sich anfühlen wie Samt – und der Körper...”

Rotta seufzte und schloss verträumt die Augen.

“Ihren Körper sollte man wohl kaum berühren, so zerbrechlich schien er mir.”

Melancholisch lächelnd betrachtete er wieder die weisse Taube. “Wenn ich deine Flügel besässe – ich würde Tag und Nacht durch die weite Welt fliegen und das zauberhafte Geschöpf suchen. Ich würde nicht ruhen, und wenn es hundert oder gar tausend Jahre dauerte, bis ich sie irgendwo erblickte. – Das kannst du natürlich nicht verstehen? – Ich nehme es dir auch gar nicht übel. Jeder hat seine Sorgen, seine Träume und seine Wünsche. – Welches sind deine Wünsche und Träume?”

Schweigend, hin und wieder mit dem Kopf nickend oder verneinend schüttelnd, mimte er ein Gespräch mit dem Tier.

“Natürlich, ich verstehe. Du möchtest keine Feinde haben, genügend zu futtern, immer schönes Flugwetter, ein bequemes Nest für deine Jungen und dazu noch zweihundert Jahre alt werden.”

Rotta lachte amüsiert. "Ich werde mich bei den zuständigen Behörden für deine Wünsche und Anliegen einsetzen," fuhr er dann ernsthaft fort. "Ich mache dir einen fairen Vorschlag: Du suchst mir meine zauberhafte Fee und bringst sie auf deinem Rücken zu mir – aber pass auf, dass sie dir nicht herunter fällt – und ich werde mich dann mit dem Weltsicherheitsrat, oder wie immer die dafür in Frage kommende Institution heisst, in Verbindung setzen und deine Probleme lösen. – Abgemacht?" Dabei nahm er den kleinen Fuss des Vogels in die Hand und schüttelte ihn.

Die Taube schaute ihr verrücktes Gegenüber ruhig und gelassen an und gurrte leise. Rotta strich ihr behutsam über den Rücken. Er fand es herrlich, einfach zu reden und niemand widersprach oder sagte ein böses Wort. Das Tier hatte ihm eine grosse Freude bereitet, indem es einfach auf seinem Arm gesessen hatte und ihm zuhörte. Er küsste vorsichtig den weissen, gefiederten Kopf.

Unerwartet begann der Vogel mit den Flügeln zu schlagen und erhob sich in die Luft. Zweimal noch kreiste die Taube über der Wolke und zog dann weg. Rotta schaute ihr wehmütig nach. Sein Blick blieb noch lange an der Stelle haften, an der zuletzt ein ganz winziger Punkt übrig geblieben war, der darauf auch noch verschwand. Einige Momente tiefster Entspannung und höchster Gefühle blieben zurück. Eine Ruhepause, die auch den Geist Rottas etwas aufzufrischen vermochten

Er war wieder allein, mit sich und seinen Gedanken. Geisterhaft beruhigende Stille umgab ihn und die lautlos schwebende Wolke. Er schloss die Augen.

******

Bilder aus seinem Leben begannen vor ihm abzulaufen. Ein Film von Ereignissen und Erlebnissen, die typisch-bestimmend waren. Tag, die er nicht mehr auslöschen konnte. Menschen, denen er unter besonderen Umständen begegnet war.

Etwa der Tag, an dem er die Institution kennen lernte, die schon uralt war, aber dennoch durch alle Zeiten ihre Existenzberechtigung behielt. Er war damals jedenfalls froh, dass es eine solche Einrichtung gab.

Das Geld war wieder einmal knapp und er sollte noch Einkäufe fürs bevorstehende Wochenende tätigen. Ausserdem wartete der Hausmeister auf die längst fällige Miete.

Als ob sie aus Glas wäre, packte er dieTrompete in den Koffer. Er trennte sich nur schweren Herzens davon. Eine Menge Erinnerungen hingen an diesem Instrument – die Jazzband, die Musikvereine und die vielen andern Gruppen, in denen er sich engagiert hatte, spiegelten sich im kalten, goldenen Metall.

Aber es blieb jetzt keine Zeit für Sentimentalitäten. Er hatte nichts anderes, das ihm geholfen hätte. Langsam stieg er die knarrenden Holzstufen des alten Hauses empor. Im zweiten Stockwerk hing ein altertümliches, leicht verbleichtes Schild neben einer Tür: "Pfandleihanstalt." Die schwarzen Buchstaben, auf dem weissen Emailschild, waren zum Teil abge-blättert und nur noch schlecht erkennbar. Eine neue, moderne Tafel wäre allerdings ebenfalls fehl am Platze gewesen. Nur dieses alte, verkommene Schild passte zum Image einer Pfandleihanstalt.

Entschlossen drückte Rotta die Türklinke und trat ein.

Ein riesiger, muffiger Raum mit vielen Regalen und Kästen wurde durch einen Tresen vom Kundenraum getrennt. Alles Mögliche und Unmögliche stapelte sich auf den Regalen. Nähmaschinen, Harmonikas, Pendulen, Bücher, Bohrmaschinen, ein Haufen ver-schiedener Instrumente und vieles mehr. Ein heilloses

Durcheinander, wie im Trödlerladen. Überall lag eine dünne Staubschicht und verbreitete den typisch muffigen Geruch.

Rotta drückte auf die Klingel, die auf dem Tresen stand. Der Pfandleiher war nirgends zu sehen.

Gleich darauf erschien ein kleines, kahlköpfiges Männlein. In viel zu grossen Pantoffeln schlurfte er durch die Regalreihen.

Auf seiner Nase sass eine dünnrandige Brille, die jedenMoment herunterzufallen drohte. Wie das alte Schild bei der Eingangstür und der Staub auf den Regalen, passte auch er lückenlos in dieses Bild. Ein Pfandleiher, wie er in Romanen und in Filmen beschrieben wurde.Über den Rand der Brille hinweg, schaute er den Kunden prüfend an.

"Sie wünschen?" Rotta legte den Instrumenten-Koffer auf den Tresen und öffnete ihn.

"Hm – wieder ein Ladenhüter, der den ohnehin knappen Platz versperrt," knurrte der kleine Mann ärgerlich, womit auch Rottas Mut bereits verflog. Dabei war er mit dem Vorsatz hierher gekommen, knallhart um jeden Rappen zu feilschen.

Achtlos hob der Pfandleiher die Trompete aus dem Koffer, drehte sie nach allen Seiten und räusperte sich immerfort in abschätzender Weise.

"Was wollen sie für dieses Stück lösen, junger Mann?" fragte er. "Viel liegt nicht drin – gehört nicht zu den gängigen Artikeln," nahm er ihm gleich den Wind aus den Segeln. Viel wollte er also kaum bezahlen.

"Hundert", versuchte es Rotta zaghaft.

Der kleine Mann erstickte fast vor Lachen. "Sie sind ein Spassvogel. Mehr als vierzig Franken sind nicht drin." Er war wieder Ernst geworden und schaute sein Gegenüber vorwurfsvoll über den Brillenrand an." Das Risiko ist gross, dass dieses Ding liegen bleibt."

Rotta schämte sich fast, so unverschämt geworden zu sein und hundert Franken zu fordern. "Ich brauche dringend fünfzig bis sechzig Franken – das liegt doch bestimmt im Rahmen," versuchte er es noch einmal.

Der Pfandleiher räusperte sich wieder und drehte das Instrument nochmals, um es von allen Seiten zu betrachten.

"Gut – weil sie es so dringend brauchen, gebe ich ausnahmsweise fünfzig Franken." Fragend schaute er dabei in die verzweifelt bittenden Augen seines Kunden.

Dieser atmete erleichtert auf. "Einverstanden."

Schlurfenden Schrittes entfernte sich der Mann, um

einen Pfandschein zu holen.

Während er das Formular ausfüllte, strich Rotta mit der Hand noch einmal über das geliebte Metall seiner Trompete.

"Innert drei Monaten können sie das Ding gegen einen bescheidenen Aufpreis zurückkaufen – nachher wird das Blechhorn von uns weiterverkauft," sagte der Pfandleiher, als er seinen wehmütigen Abschied bemerkte. Mit einem Formular, aber ohne Koffer, verliess Christopher Rotta darauf das Pfandhaus in der Hoffnung, nur einmal noch hierher zurückkehren zu müssen, dann nämlich, wenn er das Instrument zurückkaufen konnte.

Auf der Treppe begegnete ihm eine junge Frau, die einen schweren Koffer hochschleppte. Vermutlich eine Nähmaschine. Ihr scheuer Blick war auf die Stufen gerichtet. Wahrscheinlich schämte sie sich.

Rotta schaute ihr nach, bis sie hinter der Tür verschwunden war. Er war nicht der einzige, der heute dringend etwas Geld brauchte und dies in der Pfandleihanstalt besorgen musste. Auch diese Frau würde nun mit dem kleinen, pfiffigen Männlein um einen guten Preis feilschen; vielleicht erfolgreicher als er es gerade geschafft hatte.

Sein Wunsch, nur einmal noch an diesen Ort zurückkehren zu müssen, erfüllte sich nicht. Noch einige male in der folgenden Zeit, stand er dem kleinen Mann hinter dem Thresen gegenüber. Christopher Rotta reckte sich, als wollre er die unangenehmen Erinnerungen abschütteln, deren es mehr als genug schon gegeben hatte.

******

Angenehmer in Erinnerung blieb eine andere Begegnung, die eigentlich wenig hoffnungsvoll begonnen hatte. Zwei Stunden hatte er bereits auf den Herrn Verleger gewartet, der sich dann, als er endlich Zeit für ihn fand, nur negativ über seine Pläne äusserte.

Dabei hatte sich Rotta von diesem Treffen sehr viel versprochen, nachdem der Verleger – nach schriftlicher Anfrage und Manuskripteinsendung – ihn persönlich sprechen wollte. "Zur persönlichen Kontaktaufnahme..." hatte er geschrieben. Das weckte hoffnungsvolle Erwartungen beim jungen Schriftsteller.

"Das finanzielle Risiko ist zu gross... Sie sind ein unbeschriebenes Blatt... Wer nimmt mir den unbekannten Autoren ab..."

Solche und ähnlich Argumente erklärten nun seine

plötzliche Absage.

"Machen sie etwas Unmögliches. Fallen sie auf, um jeden Preis, damit man von ihnen spricht. Dann werden ihre Manuskripte auch gedruckt und nach Mehr verlangt."

Er kotzte ihn an, dieser Mistkerl. Um sich diese faulen Ratschläge anzuhören, war er den weiten Weg gekommen und hatte das letzte, knappe Geld für die Bahnfahrt geopfert.

Wütend und enttäuscht, aber auch den Tränen nahe, verliess Rotta das Büro und knallte die Tür hinter sich zu. Die Scheiben klirrten, als er mit der Haustür ebenso umging.

Unschlüssig stand er auf dem Gehsteig und überlegte, ob er zuerst die Wut mit ein paar Bier hinunterspühlen sollte, bevor er mit der Bahn wieder nach Hause fuhr.

Die elegante Dame nahm ihm die Entscheidung ab. Ob sie ihn mit dem Wagen irgendwo hinführen könne, fragte sie und stellte sich als Gattin des Verlegers vor. Rotta nahm das Angebot sofort an, obwohl er noch gar keine Zeit zum Abwägen hatte. Der eine Blick auf sein Gegenüber hatte gereicht und er fragte sich: Diese alte, fette Verlegerratte besass eine so schöne, attraktive Frau?

Sie schien nicht mehr ganz jung, aber sehr gepflegt und äusserst interessant.

Im Wagen überraschte sie ihn gleich mit dem nächsten Angebot: "Für ein paar nette Stunden, könnte ich in deiner Sache vielleicht vermitteln."

Sie gab sich sehr selbstsicher und stolz, als Rotta sie überrascht anschaute. Aber er hatte verstanden und bei ihrem Anblick konnte er schlecht nein sagen. Seine Stimmung stieg wieder an und neben dem sexuellen Erlebnis, witterte er eine gute Chance, dass sie ihm helfen konnte.

Ohne eine Antwort abzuwarten, fuhr sie los. Der gelbe Porsche brachte sie zu ihrer Wohnung, die sich als komfortbles Liebesnest präsentierte.

"Bediene dich an der Bar und mach es dir bequem," forderte sie ihn auf. "Für mich einen Scotch mit Eis." Sie legte eine Platte auf. Leise BigBand-Musik berieselte den erotisch geladenen Raum. "Ich heisse Yvonne."

Auch Rotta stellte sich mit dem Vornamen vor. Es liess sich wohl freier lieben, wenn solche persönlichen Kleinigkeiten geregelt waren.

Auf dem luxuriösen, weichen Sofa kamen sie sich näher. Schon der zweite Drink löste die letzten Hemmungen.

Sachte zog er die Frau an sich. Ihr Parfüm verbreitete einen erregenden Duft und stieg ihm betörend in die Nase.

Tastend suchten seine Finger den Verschluss ihre Kleides. Ihr Atem drang schneller und stossweise an sein Ohr, als die Hände die nackten Schultern und den Rücken berührten. Er streichelte den weichen, warmen Körper und drückte lustvoll die vollen Brüste. Langsam fuhr er über ihre Schenkel.

Leise stöhnend kam sie ihm entgegen und drückte sich an ihn. Sicher und gekonnt öffnete sie seine Hose. Gierig suchten ihre Hände das steife, erregte Glied. Die locker spielnden Finger liessen ihn explodieren. Er zog sie auf den Boden. Keuchend und stöhnend wälzten sich die zwei nackten Körper auf dem Teppich. Sie schrie auf, als sie kam. Wild bäumten sie die erregten Leiber auf und ab, bis sie in sich zusammenfielen. Erschöpft lagen sie sich in den Armen. Ihr Haar kitzelte ihn am Hals.

Doch Yvonne verhielt nicht lange. Schon suchte sie wieder den Körper des jungen Schriftstellers. Sie gab keine Ruhe, bis er sie noch einmal nahm. Ihr Körper wand und drehte sich in wildem Rhythmus.

Völlig erschöpft und ausgelaugt liess sich Rotta dann zurückrollen. Er war erledigt. Zufrieden streichelte er den Rücken von Yvonne. Ihre weichen, vollen Lippen saugten sich an seinem Hals fest.

Sie redeten noch über belanglose Dinge, bevor er sich unter der Dusche erfrischte.

Dann verliess Rotta die Frau. Er hörte nichts mehr von ihr. Vielleicht hatte sie sich in seiner Sache erfolglos verwendet oder aber es war nur ein leeres Versprechen gewesen, um ihre unbändige Lust zu stillen. Er konnte ihr nicht einmal böse sein, nur etwas enttäuscht.

******

Geschichten erlebt man jeden Tag. Nicht nur an einem Montag und bestimmt nicht nur an einem 13. Aber diese Zahl hat es nun einmal in sich.

Glück und Unglück liegen nahe beieinander. Die Erwartungen sind grösser, als an jedem anderen Tag. Die Spannung knistert in der Luft. Jeder Augenblick kann etwas Ungewöhnliches bringen - das Ungewöhnliche überhaupt.

Vielleicht begegne ich einem Ausserirdischen; ein UFO landet vor meinen Füssen. Ich errate die Gewinnzahlen im nächsten Lotto; die gute Fee erfüllt mir heute den Wunsch der Wünsche. Ich trete in die legendäre Hundescheisse; beim Squashen verfehle ich den entscheidenden Ball, kollidiere mit der harten Aufschlagwand und zertrümmere die Schulter. Der Steuervogt erwischt mich beim Schummeln oder arg besoffen schlüpfe ich gestresst durch die Verkehrskontrolle.

Trotzdem begann der Tag für Rotta wie jeder andere Montag. Die freundliche Frau am Kiosk reichte ihm die obligate Tageszeitung, die Menschen auf dem überfüllten Bahnsteig zeigten das bekannte "Frühmorgengesicht", der Schaffner knipste mechanisch die Fahrkarte und Rotta verfluchte wie üblich, die fehlende Minibar mit dem furchtbar schmeckenden Kaffee im beigen Pappbecher.

Und dann stellte er verärgert fest, dass er die Schuhe falsch geschnürt hatte. Seine Brillengläser lagen zuhause auf dem Frühstückstisch und hinderten ihn an der Morgenlektüre. Merde!

Warum so überrascht? fragte er sich seufzend. Der Tag begann doch so, wie der Vortag aufgehört hatte. Beschissen! Der Moment für grenzenloses Selbstmitleid war gekommen. Schliesslich hatte ihn das Schicksal in der jüngsten Vergangenheit arg gebeutelt:

Die bösen Behörden wollten ihm zustehende

Beiträge nicht zurückerstatten und drohten zudem mit einer bevorstehenden Steuerprüfung. In der Diskussion mit dem Samstagsbesuch hatte er seine Schnauze wieder einmal zu weit aufgerissen und sich damit den Tadel seiner Frau eingehandelt.

Das spontan gestrickte Märchen von der kleinen alten Frau und dem kleinen alten Mann, das er zur Auflockerung in die Gesprächsrunde eingeflechtet hatte, war auch nicht angekommen und konnte einen Taubstummensonntag nicht mehr verhindern. Die anschliessend schlaflose Nacht blieb als Zugabe.

Der neue Tag erwachte also schon mit vielen ungeklärten Momenten. Mit den verfluchten Brillengläsern hätte er sich an all der Scheisse in der Zeitung ablenken kînnen. So musste er sich mit den eigenen Scheiss-Gedanken herumplagen.

Gezwungenermassen genoss Rotta die Bahnfahrt im lauen Bad von selbstzerstörerischer Zerfleischung und unermesslichem Selbstmitleid, um schliesslich das Ziel mit der unerschütterlichen Gewissheit zu erreichen, dass er nichts Unrechtes getan hatte und das Recht auf seiner Seite stehen müsste.

Ein paar Stunden lenkte die täglich anfallende Arbeitsmonotonie die Gedanken in gängige Bahnen.

Bis er schliesslich wieder auf dem Bahnsteig stand, zwischen all den vielen Menschen mit dem alltäglichen "Feierabendgesicht", der Hektik von Kommen und Gehen, von Warten und Erwartung, den quitschenden Bremsen von einfahrenden Zügen und dem monotonen Rattern der abfahrenden Wagenkompositionen.

Zufall, dass er das Abteil im Waggon wählte, in dem eine Mutter mit ihren drei kleinen Mädchen sass? Vielleicht!

"Wie der St. Nikolaus", stellt das eine der Mädchen fest und mustert Rottas Bart aus nächster Nähe. Dieser grinse verständnisvoll, als die Mutter die Kleine mahnte. "Lassen Sie nur. Das Kind sagt gottseidank frei heraus, was sie denkt", bemerke er verständnisvoll und vertiefe sich in seine Lektüre. Die neuen Brillengläser vom Bahnhofkiosk erlaubten ihm wieder die Sicht auf das internationale Geschehen im Blätterwald der Medien.

Doch er spürte, dass er sich nicht auf die gedruckten Zeilen konzentrieren konnte. Die kleinen Mädchen beobachteten ihn weiterhin neugierig aus der befohlenen Distanz ihrer Mutter. Und Rottas Blick suchte immer wieder das eine kleine Wesen im Rollstuhl. Die Kleine hing schief sitzend im

Behindertenfahrzeug. Den Mund weit geöffnet. Die Zunge auf die Lippen gestützt. Die Arme baumelten kraftlos an ihrem Körper.

Durfte er hinschauen - oder gaffte er unverholen auf das hilflose Bündel? Er fühlte mich gehemmt und unsicher. Doch das Mädchen lächelte. Rotta glaubte jedenfalls, ein Lächeln zu entdecken. Das zarte Gesicht blieb aber ernst und lebendig - interessiert. Glaubte er zumindest.

Die Mutter verteilte Sandwiches an die zwei quirligen Schwestern und versprach der Kleinen im Rollstuhl den Schoppen, sobald sie zu Hause wären.

Rottas Unsicherheit nahm merklich ab und machte einer stillen Wut Platz. Er spürte die Hilflosigkeit und erinnerte sich an die eigene, tiefe Unzufriedenheit. Es blieb letztlich nur das freundliche Lächeln, das er dem behinderten Kind immer wieder zuwerfen konnte.

Als der Zug in den Bahnhof einfuhr und die Mutter mit den Mädchen das Abteil verliess, steckte Rotta der Kleinen im Rollstuhl sein Glückslos zu, das er zuvor am Bahnhofkiosk erstanden hatte. "Viel Glück" sagte er   leise. Er wünschte es ihr von ganzem Herzen. Das Los, das er zu seinem Glück gekauft hatte, sollte ihr gelten. Wenn es eine Gerechtigkeit gibt, dann wird dieses gefaltete Papier das Glück über das unschuldige Kind schütten. Es brauchte die Hilfe nötiger als er.

Viel Anstrengung hatte ihn diese kleine Geste nicht gekostet, aber für sein Ego war die Tat Gold wert. Er fühlte sich um einiges besser, als es die letzten Tage gebracht hatten. Rotta blickte wieder hoffnungsvoller in die Zukunft, obwohl er im tiefsten Innern noch immer eine Verletztheit spürte und sein Stolz noch keine objektive Eigenkritik zuliess.

Die nicht wie gewöhnlich ungezwungene, freudige Begrüssung mit Marja läutete diesen Abend des 13. ein. Rotta wartete auf Reaktionen des Partners. Ihm fehlten die Worte für eine Erklärung oder der Mut für die Klärung der verknorksten Situation. Er sass das Problem vor dem Fernseher aus und wartete ab.

Er wartete ab, bis sich seine Innereien meldeten. Chaos war angesagt. Die regelmässig auftretende Revolution im Bauch meldete sich zur Demo. Ich hielt mich an einem Joint fest. Beruhigen war angesagt.

Aber der kleine, bösartige Teufel hatte ihn erwischt. In Siegerpose stand er über ihm. Mit dem Fuss drückte er Rotta nieder und sein hämisches Grinsen demonstrierten den errungenen Sieg. Die blutrote

Kappe mit den kleinen Hörnern und der buschige Schwanz, der hinten aus dem kurzen Umhang ragte, wirkten überheblich und bedrohlich. Locker drückte der rote Teufel seinen Eisenstab mit dem flachen Metallteller auf Rottas Brust.

Stechende Schmerzen drohten diesen zu zerreissen. Er konnte sich nicht bewegen. Der Druck nahm bei der kleinsten Bewegung zu und verstärkte den unerträglichen Schmerz. In den Augen des kleinen Satans wirbelten kleine Lichter wild im Kreis.

Immer und immer wieder setzte er den qualbereitenden Teller an einer andern Stelle des Körpers auf. Der Schmerz wanderte wie von Geisterhand bewegt mit dem Werkzeug mit.

Feuer brannte zerstörerisch in den Gedärmen. Aber Rotta konnte nicht schreien. Er glaubte, zu zerspringen. Das Grinsen, der unglaubliche Anblick der kleinen, bösartigen Figur schien manchmal schlimmer, als der Schmerz im Körper.

Kein Ton, kein Wort sprach er zu Rotta. Kein Ton, kein Wort kam von seinen Lippen. Endlos wurde die Zeit einer schier unerträglichen Tortur.

Doch verbal flossen keine Vorwürfe, keine Argumente und keine Rechtfertigungen. Leise nahm der Schlaf den Schmerzgeplagten aus einer unerledigten Lage in seine Arme und überliess die Lösung der Probleme dem nächsten Tag.

******

Erschrocken fuhr Christopher Rotta hoch. Er musste eingenickt sein. Die Bilder der Vergangenheit hatten ihn völlig gefangen genommen.

Die weisse Wolke glitt noch immer lautlos durch den stillen, weiten Raum. Aber sie war nicht mehr allein unterwegs. Unzählige andere hatten sich zu ihr gesellt und begleiteten ihren Flug. Nicht alle waren von so reinem Weiss. Dunkle, schwarze und schwere Wolken – zerrissene Gebilde geleiteten Rotta.

Besorgt schaute er in die Runde. Immer enger und dichter wurde der Kreis der unschönen und bedrohlich wirkenden Wolkenfetzen.

Die Sonne war verschwunden und hatte einem rauhen Wind Platz gemacht.

Da entdeckte Rotta in der Ferne ein Licht, das immer näher kam, direkt auf ihn zu. Er stand rasch auf und wartete ungeduldig, das seltsame Leuchten erkennen zu können.

Und dann war es da. Aus dem Meer der schwarzen Wolken, löste sich ein Schweif von Licht und Feuer, der sich auf seinem Luftschiff absetzte.

Geblendet hielt er die Hand über die Augen und blinzelte in das grelle Hell. Er war entzückt vor Freude und hätte jauchzen mögen. Sein Wunsch war in Erfüllung gegangen und hatte ihm ein Wiedersehen mit dem zauberhaften Mädchen beschert. Er fand keine Worte der Begrüssung, war unfähig sich zu bewegen und die Fee in die Arme zu schliessen. Er konnte nur mit weit aufgerissenen Augen das zarte Wunder betrachten und ganz einfach glücklich sein.

In ihrer ganzen Schönheit stand sie lächelnd vor ihm. Das himmelblaue Kleidchen flatterte im Wind und das rote Haar umwehte ihr unschuldiges, kindliches Gesicht wie pures, kostbares Gold. Die weissen Flügel machten aus ihr den Engel aus dem Märchenbuch.

Als sich der junge Schriftsteller von der Starre aus Überraschung und Entzückung befreit hatte, war es auch um seine Beherrschung geschehen. Die Freude ob diesem unerwarteten Zusammentreffen, raubte ihm jede Vernunft. Er öffnete weit die Arme und wollte sich förmlich auf das Mädchen stürzen, es umarmen und küssen, und – es auf keinen Fall mehr loslassen.

Es geschah beim zweiten Schritt schon. Rotta stolperte und verlor das Gleichgewicht. Wild mit den Armen rudernd, mit weit aufgerissenen Augen – das Entsetzliche ahnend – versuchte er sich zu fangen. Aber er fand nirgends einen Halt. Schreiend stürzte er, versuchte noch einen Zipfel der Wolke zu erwischen.

Sein letzter Blick erfasste das geliebte Mädchen – seinen Traum – das mit gefalteten Händen und mit hilflosem Gesichtsausdruck, auf der schwebenden Wolke stand.

Dann fiel er endgültig ins Leere. Er fiel und fiel...

****

Rotta wurde wach gerüttelt. Der Boden unter ihm wackelte und schwankte. Sein Kopf und seine Glieder fühlten sich an, als würde jemand mit Fäusten und Knebeln auf ihn einschlagen.

Geraume Zeit verging, ehe er sich an die letzten Geschehnisse erinnerte. Aber was war jetzt bloss wieder los; was hatte man nun mit ihm vor? Es war dunkel um ihn. Er lag auf einem Karren, was er dem Schnauben der Pferde und dem Rattern der Räder entnahm. Er konnte sich nicht rühren. Man hatte ihn festgebunden.

Noch immer leicht benommen, versuchte er sich über das Gedanken zu machen, was nun auf ihn zukommen könnte.

Ob er schreien sollte? Aber es machte wohl wenig Sinn. Keine Seele, die gewillt wäre ihm zu helfen, könnte seine Hilferufe vernehmen.

So verhielt er sich ruhig, als wäre er noch gar nicht erwacht und versuchte herauszufinden, wohin dieser Transport führte.

Mehrere Gestalten schritten den der Karre her. Sie trugen Fackeln und jetzt konnte der Gefangene seine Begleiter erkennen. Es waren die unheimlichen Gefolgsleute um Jessai. Ihre kahlen Schädel waren allerdings kaum zu erkennen. Sie trugen schwarze Pellerinen und hatten die spitzen Kapuzen hochgeschlagen.

Rotta sah nur hin und wieder die grässlichen Fratzen, wenn der Wind den Fackelschein gegen ihre Gesichter trug.

Ein mulmiges Gefühl kroch in seinem Magen hoch. Wohin brachten sie ihn wohl?

Der Weg war unangenehm holprig und er hatte das Gefühl, dass es steil bergaufwärts ging. Die Pferde mussten sich plagen. Mit peitschenknallen wurden sie ständig angetrieben.

Dann hielt der Wagen brüsk. Die Pferde schnaubten erleichtert. Rotta wurde hochgehoben, heruntergezerrt und unsanft auf den steinigen, harten Boden geworfen.

Er versuchte seine Fessel zu lockern, aber wer immer ihn zusammengeschnürt hatte, verstand einiges von Knoten. So blieb er schliesslich ruhig liegen und beobachtete das absurde Treiben seiner Umgebung. Offenbar war etwas Besonderes für ihn geplant. Und das war bestimmt nichts Gutes.

Dennoch hatte Rotta keine Angst. Er fand den Zustand selber seltsam, aber der mögliche Tod schreckte ihn jetzt, da er kurz bevorzustehen schien, nicht. Nur neugierig war er. Hätte er noch etwas gegen seine Feinde tun können, er hätte es bestimmt versucht.

Dann holten ihn zwei der Häscher und trugen ihn durch die Dunkelheit. Rotta erkannte noch immer nicht viel von seiner Umgebung. Nur Felsen, Steine und karge Sträucher säumten den schmalen, steilen Pfad, den sie ihn hochtrugen.

Zwischen zwei riesigen Felsbrocken, öffnete sich plötzlich ein grosses Plateau. Helles Licht vom vollen Mond erleuchtete den Platz. Sie befanden sich auf dem höchsten Punkt eines Berges, der auf allen

Seiten des Plateaus steil abfiel.

Erstaunt registrierte Rotta die geheimnisvollen Bilder.

Vor einem monumentalen Holzkreuz sassen drei kleine, dürre Männlein in grossen, hochlehnigen Sesseln; eingerahmt von vielen Gestalten der lebenden Toten. Sie erwarteten den Gefangenen ohne grosses Zeremoniell. Er wurde vor das Kreuz gelegt und von den Fesseln befreit. Dann traten seine Bewacher in den Hintergrund zurück.

Erstaunt blickte sich Rotta um und erhob sich dabei zaghaft, die schmerzenden Glieder reibend. Alle Blicke waren auf ihn gerichtet. Lähmende Stille herrschte.

Rotta stand abwartend und ruhig, aber erwartungsvoll vor dem Kreuz und schaute fragend in die Runde. Eine Orgel begann zu spielen und berieselte mit leiser Musik die Szene. Die drei kleinen, dürren Männlein erhoben sich und falteten feierlich die Hände.

Der Mittlere begann zu beten, den Kopf zum Himmel gerichtet:

"Allmächtiger Herr und gerechter Hüter der himmlischen Weltordnung, vor dir bekennen wir unsere Verfehlungen in Gedaken, Worten, Handlungen und Werken. So du solltest Sünde zurechnen, Herr – wie könnten wir bestehen? Aber du bestehst in

Grossherzigkeit und rufst uns freundlich zur Busse und zu dir. Gib, dass wir deinem Rufe willig folgen. Ja, Herr, wir wollen kommen, weil du uns rufst – wir wollen dir uns ergeben, weil du uns ziehst aus lauter Güte; wir wollen als Mühselige und Beladene dir nahen, um Gnade und Erbarmen zu finden; wir wollen nicht mehr der Welt und der Sünde dienen, nicht mehr uns selber, sondern dir leben und dir anhangen von ganzem Herzen; du sollst unser Allmächtiger sein, wir wollen dein Volk sein und uns von deinem Geist allein regieren und ernähren lassen. Stärke du selbst diese guten Vorsätze und gieb zum Wollen das Vollbringen nach deinem Wohlgefallen. Erlöse uns von der Macht des Bösen, das sich noch so oft wider unseren Willen in uns regt und zerstöre in uns, was deiner Herrschaft noch widerstreben möchte. Wecke uns auf zu ernstem Fleiss in deiner Huldigung. Bewahre uns in allen Versuchungen, dass wir dir nicht ferner untreu seien. Lass unsern Bund mit dir immer fester bauen, dass weder Hohes noch Tiefes, weder Glück noch Unglück uns von deiner Liebe scheide, und wir die Deinen seien in Freud und Leid, im Leben und Sterben. Lass uns alle Wandeln als solche, die aufgewacht sind vom Schlaf, dass nicht unsere Trägheit auch andere träge mache, vielmehr durch unsern Wandel im Geist viele erbaut und zur Seligkeit geleitet werden. – Amen."

Ein vielstimmiges, raunendes "Amen" fiel aus der Versammlungsrunde ein und das Orgelspiel setzte zu einem orkanartigen Fortissimo ein.

Mit offenem Mund und ungläubigen Augen, hatte Rotta die Zeremonie regungslos verfolgt. Das enthusiastisch-impulsive Gebet des kleinen, dürren Männleins wirkte wie eine KO-Spritze auf sein Gehirn. Im Moment war er unfahig zum Denken und Handeln.

Die drei Vorsitzenden der Zeremonie, in ihren langen roten Samtmänteln, hatten sich inzwischen wieder in ihre riesigen Sessel niedergelassen. Die Orgelpfeifen gaben nur noch leise Töne ab. Es herrschte wider unheimliche Stille.

"Trete vor, Christopher Rotta und lass dich auf die Knie nieder!" befahl der kleine Mann, der zuvor gebetet hatte.

Unsicher, wie in Trance trat der Angesprochene vor, blieb aber stolz aufgerichtet stehem. Plötzlich waren seine Sinne wieder klarer geworden. Er erinnerte sich an das Vergangene und wurde sich bewusst, was diese Gestalten ihm alles angetan hatten; ihn verfolgt, gepeinigt und gedemütigt hatten. Trotz und Wut stiegen in ihm hoch. Er blieb vor der Kreuz stehen, herausfordernd, provozierend und mit klarem Blick.

"Du willst noch immer nicht akzeptieren und verstehen, Christopher Rotta? – Ein Sünder ohne Reue." Die krächzende Stimme des knorrigen Alten überschlug sich beinahe. Er war entzürnt.

Rotta schwieg. Er lächelte sogar.

"Du stehst vor dem Höchsten Gericht, Christopher Rotta. Überdenke deine Situation, in die du dich durch dein ungläubig-ketzerisches Leben gebracht hast!" fiselte der Kleine weiter. "Du hast deine Chancen gehabt und hast sie nicht genutzt. Du hast ein Leben gelebt, das wir nicht akzetieren wollen. Du hast Unruhe und Streit gestiftet und dabei den Allmächtigen verspottet. – Auch der kurze Leidensweg scheint bei dir keine Früchte zu tragen. – Nun wirst du die Strafe empfangen müssen, die wir als angemessen betrachten."

Rotta hörte nur mit halbem Ohr zu. Er wusste , dass er nun verspielt hatte. Gegen diese Macht konnte er nicht ankämpfen. Er hatte verloren.

Trotzdem – er bereute nichts, was er in seinem kurzen Leben gesagt und getan hatte. Er würde zu jedem Zeitpunkt wieder die gleichen oder mindestens ähnliche Entscheidungen treffen. Er hatte nie

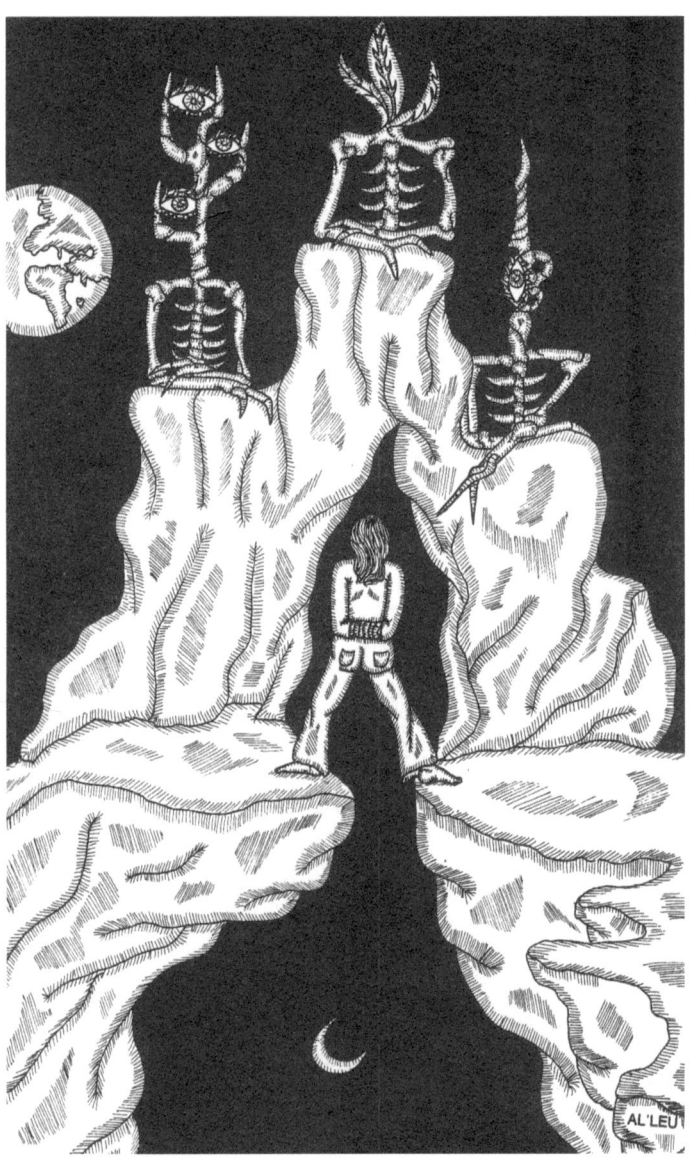

etwas Schlechtes getan, keinen Menschen verletzt oder einen Schaden zugefügt. Nur die Erinnerung schmerzte.

"Lasst mich mit eurem Unsinn in Frieden, ihr verdammten Narren und Heuchler!" schrie er wütend. "Ich kann euer Gewäsch schon gar nicht mehr hören. – Vergesst es nie und nimmer, ich bereue nichts – gar nichts und meine Meinung werdet auch ihr und keine Macht des Himmels, der Erde oder der Hölle ändern können. – Ich habe getan, was ich tun wollte und tun musste, weil ich Heuchler nicht leiden kann."

Rotta steigerte sich in einen wahren Rederausch. Er sah nicht die Blitze, die vom Himmel zuckten, hörte nicht das Grollen des Donners. Er sah nur die Gesichter seiner Richter und in diese Gesichter schrie er seinen ganzen Frust.

Unerwartet begann sich die Erde unter seinen Füssen zu bewegen. Exakt an seinem Standort, teilte sich das Plateau mit lautem Krachen und Tosen.

Christopher Rotta verlor den festen Halt und stürzte. Die unendliche Tiefe verschlang ihn. Die Orgelmusik begleitete ihn mit ihrem ungestümen, irren Klang...

******

Rotta blickte erschrocken, entsetzt, ängstlich, verstört. Der Sturz endete im weichen Moosgrund, nach dem endlosen Fall vom hohen Berg des Höchsten Gerichts. Bei vollem Bewusstsein hatte er den langen Weg erlebt. An Felswänden vorbei, durch ein Meer von schaurigen Grimassen und das lodernde Feuer einer Höllenlanschaft, bis die grünen Baumwipfel auftauchten und seinen rasenden Körper bremsten.

Und nun entdeckte er in Sichtweite die Gestalt eines Greises.

Er wusste nicht, wie er auf diese Begegnung reagieren sollte. Nicht die Erscheinung des knorrigen, alten, verschrumpfelten Männleins verunsicherte ihn, sondern die Ueberraschung. In dieser Umgebung hatte er alles erwartet. Wilde Tiere, Horrorgestalten, Giftschlangen, Indianer, Kannibalen, Mörder, Verbrecher, Gespenster. Aber nicht dieses friedliche Bild eines lieben, zärtlichen und verständnisvollen Grossvaters, der auf einer Baumwurzel sass und ein Stück Holz kaute. Was Rotta aber gänzlich verwirrte, waren die vielen Gestalten, die alle in monotonem Gesang die Lichtung bevölkerten und ihrer Beschäftigung nachgingen. Sie taten ihre Arbeit mit der Gleichgültigkeit von Robotern. Ihre stumpfen, zerstörten Gesichter konnten einem kalte Schauer verursachen.

Rotta war hin- und hergerissen zwischen dem alten Mann und den Gestalten. Tausend Fragen marterten sein Gehirn und doch kam keine über die Lippen.

"Du brauchst nicht weit zu suchen," wandte sich der alte Mann überraschend an Rotta. "Du kennst diese Menschen, begegnest ihnen Tag für Tag. Es sind arme, bedauernswerte Kreaturen. Sie haben den Sinn des Lebens vergessen und können nur noch maschinell reagieren. Die meisten Menschen haben ihr Leben lang den ersten Gang eingeschaltet. Jahr für Jahr wursteln sie sich durch die Zeit, kriechen mit viel Getue und Lärm auf ihre kleinen Hügel hinauf. Wenn Sie dann oben angelangt sind, dann rutschen sie auf der andern Seite wieder ins Tal. Und es geht immer im gleichen Tempo, weil sie den ersten Gang fahren. Eine gerade Strecke finden sie bloss langweilig, aber nie kommen sie eigenständig auf den Gedanken, zur Abwchslung einmal abzubiegen.

Nur gelegentlich bringen sie es fertig, für einen Moment in den zweiten Gang zu schalten. Auf der Hochzeitsreise vielleicht, – oder, wenn sie im Hunderennen gewonnen haben. Aber bevor sie es bemerken, sind sie schon wieder dort, wo sie immer waren. Du weisst schon: um sieben aus dem Bett zur

Arbeit. Um siebzehn Uhr nach hause. Am Sonntag ein Steak und am Mittwochabend Skat. Im Februar werden die Zimmer für die nächsten Ferien gebucht und dann wird anschliessend das restliche Kleingeld gezählt. Meistens wissen diese armen Kreaturen gar nicht, dass sie atmen und leben. Das monotone Summen ihres Lebensmotors lässt sie ruhig dahindösen."

"Und du?" unterbrach Rotta die Pause, als der Alte in seinen Ausführungen innehielt. "Wie sieht dein Leben aus?"

Der Alte schaute auf, als habe ihn die Frage überrascht. Ruhig kaute er sein Holz und liess sich einige Zeit, bevor er antwortete.

"Ach – vieles verlief auch bei mir im Schneckentempo. Nichts gelang. Ueberall stiess ich gegen Mauern und auf verschlossene Türen. Ich war nahe dran zu resignieren - wie diese bedauernswerten Geschöpfe."

Er deutete mit kreisenden Armen in die Runde und fuhr überlegend fort: "Die ganze Zeit über beherrschte mich nur ein Gedanke – endlich genug Geld zu machen und nie mehr von irgend jemandem abhängig sein. Ich wollte meine Bedürfnisse befriedigen und nur mich wichtig nehmen. Doch dann fand ich noch einmal die Kraft und sagte mir: Du musst aufhören, dir etwas vorzumachen! Das Leben hat dich vielleicht gebeutelt und Illusionen dahingerafft wie der Frost die Blüten. Aber, kein Geld kann dich unabhängig machen und dich von Verantwortungen entbinden. Kein Reichtum die erstrebenswerteren Güter des Lebens bringen! Und ich spürte sofort, dass ich es schaffen würde. Das Leben lag plötzlich vor mir. Tausend Geheimnisse taten sich auf. Geheimnisse, die in jeden Menschen hineingeboren werden und die zu ergründen es sich lohnte. Ich spürte, dass es sich auszahlen würde, dieses Leben zu leben und zu lieben. . ."

"Was kaust du?" fragte Rotta.

"Ich lutsche!" antwortete der alte Mann, ohne dabei aufzuschauen. "Eine Wurzel, die keiner kennt, ausser den Eingeborenen dieses wunderschönen Landes. Sie nennen sie: Wurzel der klingenden Träume. Bei mir klingt zwar auch nichts, aber ich spüre die Kraft der Träume."

Der Greis machte wieder seine alles umfassende Bewegung mit den kreisenden Armen. "Wer kann das hier alles mit einem normalen Hirn ertragen, he? Ueberall Feindschaft, getarnt mit betäubend duftenden Blumen. Ueberall der Tod, lauernd und versteckt hinter üppiger Schönheit. Und trotzdem kommt man davon nicht los. Es ist wie eine Geliebte, deren Umarmung dich erstickt, aber man legt sich immer wieder mit ihr ins Bett. Weil es so schön ist. Weil die Verführung stärker ist, als die Vernunft." Er kaute weiter auf seiner Rauschwurzel und strich sich das wilde Haar aus dem Gesicht.

Rotta hatte ganz verzaubert und aufmerksam zugehört. Die angenehme, beruhigende Stimme des Erzählers hatten ihn für Momente aus der Realität entführt. Aber dann holten die schlimmen Gedankenbilder wieder auf. Ein höllischer Fieberdschungel, Sümpfe voller Moskitos, Schlangen und Giftspinnen erwartete Rotta. Als müsste er gegen ein Land mit seinen feuchtheissen Dämpfen, den verfilzten Regenwäldern und den schwammigen Boden ankämpfen.

Als hätte der Alte seine Gedanken erraten, streckte er ihm ein Stück seiner knorrigen Zauberwurzel hin.

"Gefühlsduselei ist dumm und damit auch dämlich," sagte er dabei. "Es muss Schafe und Wölfe geben. Jetzt bist du eben ein Wolf. Beisse, reisse und jage auch wie ein Wolf! Nur so kannst du dich im Leben behaupten. Niemand wird dir etwas auf dem Tablett servieren. Du – und nur du, bist für dein Leben verantwortlich."

Rotta schaute ihm ins Gesicht und wieder überkam ihndas seltsame, aber gute Gefühl der Ruhe und des Friedens. Ueberzeugt griff ich zu und steckte das Holz zwischen die Zähne.

"Ich komme durch! Ich schaffe es! Ich werde wieder kämpfen um alles, was es wert ist." Nur die Lippen bewegten sich – kein Ton kam aus dem trotzig verkniffenen Mund. Aber die Augen strahlten felsenfeste Ueberzeugung und eisernen Willen aus.

Er suchte die Augen des Alten, wollte sich bedanken und verabschieden. Der Platz auf der Baumwurzel war leer...

Rottas Blick suchte verzweifelt die Waldlichtung ab. Jeder Steinhaufen, jeder Holzstapel, jeder Baumstamm, jeder Strauch und jeder Schatten wurde lückenlos abgesucht. Der Verschwundene konnte sich ja nicht in Luft aufgelöst haben. Solch unwahrscheinlichen Vorkommnisse wurden höchstens in Märchen oder Träumen erlebt.

Aber der Gesuchte erschien nicht mehr. Die Baumwurzel auf der Lichtung blieb definitif leer.

Enttäuschung wollte aufkommen. Enttäuschung über das unerwartete Verschwinden des alten, faszinierenden und klugen Mannes. Etwas traurig fühlte sich die Situation schon an, aber – auch beruhigende Ruhe breitete sich auf der grünen Lichtung zwischen den grossen Bäumen aus. Kein Platz mehr für grässliche Gestalten, Monster oder trübe Gedanken. Ein freundlich leuchtender und wärmender Sonnenschein erfüllte die friedliche Szene.

******

Und Rotta spürte sich wieder – hörte seinen gleichmässigen Atem und zog genüsslich die Luft durch die Nase. Die Gedanken fanden sich auf hohem Niveau positiver Einstellung wieder. Zufriedenheit und Zuversicht machten sich breit und verdrängten die Vergangenheits- und Zukunftsängste. Gut und Böse, Erreichtes und Verpasstes kamen ins Gleichgewicht der Realitäten. Die Vergangenheit trat in den Hintergrund und machte positiven, freundlichen Zukunftsgedanken Platz.

Rotta atmete tief durch, setzte sich vorsichtig zögernd auf die Baumwurzel und hoffte, dass in derselben noch Energie des Alten gespeichert war. Seine Ausführungen hatten grossen Eindruck hinterlassen. Über diese Worte wollte Rotta nochmals nachdenken.

Wer bin ich? Was will ich? Wo stehe ich und wo liegen mein Ziele? Eine Menge Fragen durchflossen seinen Kopf.

Natürlich wollte auch er einmal Lokführer oder Pilot werden. Im grossen Bahnhof in die eindrucksvolle, schwere Maschine steigen, lässig aus dem Schiebefenster schauen und bei grünem Signal über die Schienen flitzen, mit einem langen Schwanz von Personenwagen im Schlepptau. Im nächsten Ort einfahren, die Passagiere aussteigen lassen um dann in rasender Fahrt das andere Ende des Landes zu erreichen. Oder – im Cockpit eines riesigen Vogels sitzen In der perfekt sitzenden Uniform des Captains, mit einer steifen, imponierenden Mütze auf dem Kopf auf der Gangway stehen und die Passagiere begrüssen, die um die ganze Welt geflogen werden wollten.

Bubenträume, wie es wohl ein jeder einmal träumen durfte. Glücklicherweise.

Nur gehen solche Bubenträume in den wenigsten Fällen in Erfüllung. Glücklicherweise. Was bliebe sonst? Leere und traumlose Tage und Nächte, die kaum noch Platz liessen für Phantastereien. So ändern sich die Geschichten von Jahr zu Jahr.

Bald schon einmal möchte man Autorennfahrer, ein berühmter Filmstar oder Musiker werden. Die

Ansprüche bewegen und verändern sich ständig. Die Vorstellungen werden konkreter und die Ziele greifbarer. Nur bleiben auch solche Träume was sie sind und waren – Illusionen. Leider!

Denn jetzt beginnt die Zeit, in der wieder zurückbuchstabiert wird. Mehrmals in dieser schönen, kindlichen Phase werden wir als Spinner oder Phantasten bezeichnet. Die normalen, erreichbaren Möglichkeiten werden uns nahegebracht. Die Erziehung bringt uns auf den harten Boden der Wirklichkeit zurück, legt Fesseln um und engt systematisch jede positive Kreativität ein, welche solche Träumereien beinhalten würden.

Träume und Phantasien kann aber niemand kontrollieren oder verbieten. Glücklicherweise!

Aber der Einfluss hat bereits seine Spuren hinterlassen: Die Werte unserer Vorstellungen veränderten sich. Jetzt möchte man plötzlich Dagobert Duck, Onassis, ein Prinz, König oder vielleicht sogar ein Kaiser sein. Einflussreich, mächtig und reich – steinreich sind nun die Ansprüche. Nicht mehr die Farbe ist massgebend. Nur noch der materielle Wert zählt in den Vorstellungen. Leider!

Jetzt kommt die Zeit der grossen Enttäuschungen. Die Träume werden nicht wahr – die Phantasien werden zertreten, Illusionen zerbrechen. Die Gegenwart hat gesiegt und mit ihr, die unsentimentale Realität. Wir landen auf dem harten Boden wieder und resignieren. Träume, Phantasien und Illusionen erhalten ihre neuen Werte, scheinen unerreichbarer, unmöglicher denn je. Glücklicherweise!

Die Zeit heilt alle Wunden. Sie vergeht unaufhaltsam, lässt uns mit ihrer Heilkraft vergessen und die Zukunft neu erfinden. Das Spiel kann wieder von vorn beginnen. Die Phantasie entwickelt neue Illusionen; die Träume fliessen wieder, wenn auch in einer anderen Dimension. Die Vergangenheit ist zwar nicht bewältigt; – nur die Enttäuschungen, die nicht erfüllten Erwartungen vorläufig zugedeckt.

Die neue Traumwelt heisst jetzt "Flucht". Kreativität wird stets von Überdenken begleitet. Es wird abgewogen, verglichen, überlegt, in Frage gestellt. Der freie Fluss ist mit Hindernissen gespickt. Spontanität ist gebremst von schleimigen Viren. Die Phantasie krankt und entwickelt sich zu bösen Alpträumen. Gegenwart, Realität und Zukunft werden zu Bildern einer brennenden Hölle. Die hellen, leuchtenden Farben verlieren das Licht. Zurück bleiben dumpfe, düstere Töne – grau in grau bis ins dunkle Schwarz. Die Sonne am Horizont ist verschwunden und hat der dunklen Nacht Platz machen müssen. Ein Teufelskreis tut sich auf.

Gerade dieser Zustand bietet nun endgültig einen Ausweg aus dem Labyrinth in die Zukunft. Die Phantasie erhält wieder neue Impulse. Frische Kraft für Träume, die Wirklichkeit werden können. Jetzt endlich können wir der Realität ein Schnippchen schlagen. Die Wünsche rücken näher und werden greifbarer.

Man möchte aus weniger mehr machen, die Sonne aufgehen sehen, das frische Wasser aus der Quelle trinken, eine Welt ohne Kriege erleben, gesund bleiben, Toleranz lernen – verstehen und verstanden werden. Die Ansprüche haben materielle Werte fast ganz vergessen...

Die Geschichte dieser Erzählung könnte frei erfunden sein. Jede Ähnlichkeit mit lebenden oder verstorbenen Personen, sowie Ort der Handlung sind unabsichtlich und rein zufällig